私と街たち（ほぼ自伝）

我與城市

吉本芭娜娜的半自傳

Banana Yoshimoto

吉本芭娜娜——著　劉子倩——譯

目次

前言

這根本不是自傳吧，基本上連我怎麼成為小說家的起因都沒提到。

我猜應該也有讀者這麼想。

我自己也略有同感。不過，我也沒辦法。因為那就是我人生不起眼的一部分，身為小說家一直是件理所當然的事。於我而言，寫作並不特別。唯有寫作帶領我去的未知場所，才是特別的。

不是炫耀，也不是吹噓，在其他方面什麼也不會的我，從小就持續寫小說。恍若呼吸，恍若流水。

所以我從五歲起就一直是專業小說家了。只是周遭的人不能理解這點很麻煩，我想我必須盡快以世人能夠理解的方式成為專業作家，否則會活得很艱難。於是拚命寫作來合乎社會定義，也成為專業作家。

我不是天才，亦非大師。只是一直做同樣的事（寫小說，寫完就繼續寫下一篇），因此只有在我的小說這方面是專業。大家或許以為我的寫作資歷有三十五年左右，其實不對。我寫小說差不多已有五十年了。

換作現在大概會被稱為典型發展遲緩兒的我，校園生活如在地獄，實際上也沒有任何生活技能。無論是當家庭主婦，打工，處理事務，旅行，和鄰居來往，養小孩。別人常說，其實他們也對這些事情很頭痛，但我比那種程度更嚴重。我是完全無能，無能得可悲。

也有人說，妳不是明明就做到了嗎？但那只是妖怪拚命偽裝成人類，實則虛有其表。是我拚死拚活，努力偽裝，這才勉強能像世間一般芸芸眾生那樣生存罷了。

……所以，這本書中，只寫了在我持續寫小說的過程中，對我自己有重大影響的城市街區與事件。

本來是在《新潮》雜誌上的連載單元，成書出版時，又改寫得幾乎面目全非。也添加了四篇新寫的文章。

連載時承蒙《新潮》總編輯矢野優先生和編輯鶴我百子小姐協

助，謝謝你們。

這樣的我，連「小說家」這個職業都做不好。

也無法和同業來往，當不了文學獎評審委員。

不是我不想，是無能做到，無能得可悲。因為做不到而被欺負，被指責，拿不到芥川獎（這點或許並不正確）。但是，我就是做不到，所以也沒辦法。一如河童在陸地生活的狀態。河童頭上的盤子如果乾了就會死，所以每隔幾小時便得讓盤子泡一下水，和那種狀態非常相似。仔細想想也是滿可怕的人生。只靠著晚上喝的啤酒和下酒菜和觀察狗狗貓貓烏龜而生存。我討厭人也害怕人，但也害怕鬼魂和殺人魔，總之什麼都怕。最愛的是睡覺。現在最大的恐懼大概就是兒子離家獨立會讓家裡又少一口人，以及將來他帶個正經人回家說要結婚，必須和對方的正經父母面對面時。想到兩家可能要聚餐，我就排斥得渾身寒毛倒立。我巴不得兒子將來找個奇怪的對象結婚，比方說對方父母是繭居族終日閉門不出之類的。

當然也有過許多美好的交流。也有幸認識了就讀大學時崇拜的村上春樹先生、村上龍先生、山田詠美女士。還有達賴喇嘛大師和李昇基，我心目中的男神達利歐．阿基多導演及我的女神艾希亞．阿基多，改變我人生的亞歷山卓．尤杜洛斯基導演。除此之外，也遇到很多很多我憧憬的人。

也在遇見為數不多的人生夥伴之後明白，這世上還是有少數的人能夠讓我喜歡。大家同樣在角落自由自在生活，四目相接時可以莞爾一笑。這是好事。

總之，我就是這樣，所以只能寫作。包括父母在內，這些年我也養活了許多人。既然需要錢就只能工作。而且我像猴子一樣無法深思太多純粹只是喜愛寫作，只要是寫文章的工作我什麼都幹。稿費固然重要，最主要的還是因為我知道那段經驗日後必然對小說有所助益。

因此，「雖然是邊緣人，還是拚命做了能做的」這點我自己最清楚。我一心一意，埋頭苦幹，寫了又寫。

就連現在也在做很多諸如替歌曲作詞，替企業寫廣告文案（商品以小字添上我寫的文章。光是那樣就覺得很像是街頭塗鴉藝術家班克西）之類的奇妙工作。

但我也不是來者不拒照單全收。我有自己的標準。那就是這份工作是否真的對生活或小說有用。而且，我希望很少接觸文章這種東西的人，能夠理解閱讀的偉大。能夠知道這世上有數量驚人足以救命的文字。很遺憾我的文章還沒到那個境界。頂多，在某些段落可能有吧。在傑作出現之前只能繼續寫。

文中好像出現許多真實人物，但是除了家人及幻冬社的石原兄（笑）之外，我寫的時候全都換了名字、狀況或職業。就算讀者猜想是某某人，多半也都猜錯了。有時我會把好幾個人的故事混在一起寫。換言之，我希望各位能把這當成是一種自傳式的虛擬小說。

在集英社派對會場的樓梯初次遇見河出書房新社的谷口愛小姐時，我就感到此人是我的某種命定之人。即使換了出版社也繼續擔任我的編輯，在此說聲謝謝。

去看朝倉世界一先生的展覽時，同樣出現命定的重逢——畫廊「VOID」的主人，小田島等先生，謝謝你精彩的封面設計。還有在我寫小說的生活中邂逅的所有人，謝謝你們。我會繼續寫下去。

他日縱然再寫城市街區的故事，我想我還是不會特別提到小說。因為那對我而言，等同呼吸，只是活著。

偏執如我，雖然依舊和時代一起待在街道的角落，不在文壇只是四處遊蕩愛追星，謝謝你們仍肯信賴我寫的東西撥冗閱讀。

二〇二二年冬　吉本芭娜娜

甲州街道已是春

甲州街道はもう春なのさ

標題借用的是搖滾樂團 RC SUCCESSION 的歌名《甲州街道已是秋》。

我超愛這首歌，長大後第一次獨自經過甲州街道時好開心。因為我小時候經過時並不知道那是甲州街道。我心想，這條路，真的存在耶！那條路就是這首歌裡的路！

然而對於如今的我而言，行經甲州街道永遠特別傷感。我做夢也沒想到會有這樣的一天。長大就是這麼一回事。城市累積只屬於我個人的歷史，逐漸加深色彩。那幅著色畫畫到最後，自己也會連同那個離開人世。只留下色調深濃的心靈地圖。

這麼說對當地居民非常抱歉，但甲州街道在現在的我心中就是「逐漸接受死亡之路」。

在明大前，甲州街道旁的築地本願寺和田堀廟所替父親舉行葬禮是二〇一二年的三月時。我忽然想起，父親以前常說，他喜歡「惟願春日花下死，恰是如月望月時[×]」這首西行的和歌。我當時恍惚想道，果真如父親所願啊。

父親的遺容看起來光滑又潔淨，令我深深明白父親的痛苦的深刻（絕非「深刻的痛苦」）已離他遠去。

那間寺院，有祖父母及祖先長眠的家墓，父親以前經常只帶著年幼的我去掃墓。

當時我們住的千駄木離明大前很遠，所以大概是因為母親得看

× 如月是二月，望月是十五，二月十五日是釋迦涅槃之日，平安時代的歌人西行法師，希望自己也能在這天死於櫻花下（當時用的是陰曆，所以實際是三月中旬）。

家，姊姊要上學，只有我下午閒著沒事幹。我們父女倆有時轉乘電車，有時搭計程車，總之那時我總覺得那個地方好遙遠。

寺院入口有二家小小的花店，父親很愛左邊那間花店一家人謙虛的認真與笑容。

後來那間花店關閉時，我透過堂兄和他們有過一段對話。「謝謝你們多年來的照顧，家父很喜歡你們。」這樣轉達後，得到美好又謙虛得難以置信的答覆。有了那番答覆，我們得以圓滿結束一族的時代。我赫然發現寺院的花店原來是如此重要的工作。

我們每次都是在那家花店買鮮花和線香，借用全套打掃工具，走到吉本家位於從天草來到佃島的人們長眠的那一區墓地。

墓地非常遼闊，而且走道有點彎曲迂迴。

「比起大墓碑，小一點更好。」因為祖父的這句話，吉本家的墓小得匪夷所思。我認為那種想法很了不起，也值得尊敬，不過要找到家墓還真不容易。

不是路痴的母親與姊姊一起去時，毫無問題就能找到墳墓，可是換成父親和我一起去時，狀態簡直堪稱災難。

父親總是說「從親鸞上人塑像的屁股進去，沿著很好認的大路走到樋口一葉的墳墓立牌，再拐彎往回走就行了」，但就連年幼的我都知道那樣是繞了一大圈遠路。可是如果想抄近路就會迷路，必然會耗到線香燒盡。

「這種事情不能只想省事抄近路，總之一定要確實！」

父親說出來的話簡直像《陰屍路》這齣末日倖存劇集的台詞，其實只是要去眼前走道某一排的墳墓，絕非那種末日生死之戰。

每次我說因為怕迷路，所以都是先走到樋口一葉的墳墓那排，方向感絕佳的母親和姊姊就會哈哈大笑。

後來，旁邊蓋了古賀家的墳墓。作曲家古賀政男先生的墓，墓碑竟然是吉他的形狀。

即便從很遠的地方也看得見吉他的琴頸。

托他的福我再也不會迷路了。

從此，我們不用看樋口一葉的墓就能找到吉本家的墓。為了表達感謝，我們甚至每次都會多買一對線香供在古賀家。再也不用嘗到手中的線香快要燒盡，或者被風吹得火焰狂飆差點把花都燒起來的刺激滋味。也不會再在外觀相似的成堆墳墓中不斷迷路陷入恐慌了。

我當然很清楚父親已死。

他臨終前，以及過世的那一刻，我都親眼目睹。摸起來被乾冰凍得非常冰冷的感覺，也已牢牢刻印在這具身體。所以我已經接受事實到不能更接受的地步了。

然而喪禮時，在去過無數次的寺院，親戚朋友的環繞下，我忽然產生非常強烈的違和感。

過往人生，數不清已在這間寺院參加過多少次喪禮。而且那種時候總有父親在。他總是穿著喪服站在那裡。於是我可以安心當個孩子。

那樣的父親竟然不在了。怎會有這種事?原來這就是死亡。因為在這間寺院的這場喪禮上,無論怎麼找都找不到父親了。

我在想。

我已經赤裸裸了,就像超市販售的,沒有殼,已經剝出來的蛤蜊肉。

當時那種切身感受不知如何支撐著現在的我。

生前的樣子竟然能比屍體更讓我明白這點,父親果然厲害。

以前每次和父親去掃墓的路線,如今每年我獨自走過。

那家花店關門後,被一家大型葬儀社的花店取代。

托古賀先生的福,我很快就找到父親和母親長眠的墳墓供上鮮花與線香。周遭都是來自天草的人們的墓，感覺挺安心的。當然也向古賀先生道謝後供上線香。

一切結束後，我又獨自走到甲州街道。車輛川流不息。從狹小的墓地走道突然來到寬敞的大馬路時眼睛無法適應的感覺也一如往昔。

如果對兒時的我說「妳將來會和家人住在這附近的下北澤，而且會在沒有父親的陪伴下來給父親上墳」，我八成會說「絕對不可能」。更何況，我連墓都找不到。

當然關於古賀先生的墓，我也想順便好心地告訴兒時的那個我。有一次，長大後住在下北澤的我，獨自在中元節來掃墓。

當時還沒有古賀家的吉他墳墓，我果然又在墓地迷路了。線香已經快燒完，我只好打電話回家。電話是父親接的，他說就是從親鸞的屁股進去嘛。恐怕誰也想不到，寫過好幾本書評論親鸞的父親，連這種時候都是靠親鸞拯救。

但我還是找不到路，父親只好叫來母親，讓母親接電話。我按照母親的指示往回走，終於抵達墓地的小徑。

「找到了找到了！謝謝。」我說。

「拜託妳囉。」母親說。

如今，他倆也長眠於同一個墓地，每當感覺有點迷路時，耳中彷彿就會傳來當時父母的聲音。彷彿響徹墓地卻又異樣溫柔。

我有個很要好的朋友，很長一段時間，都住在甲州街道旁的公寓。她是靈能諮商顧問，每次我有什麼問題總是去找她商量，請她替我占卜，回程還會一起吃飯或去唱卡拉ＯＫ。

從她房間的窗口可以看見高速公路。她之前的上一個住處也是可以從窗口看見高速公路，所以住在東京，她最愛的想必就是這種景色。

除了一度因誤解失和，三十年之中，我們一直很要好。

她擁有罕見的靈能力，完全沒有算命師常有的暗影。

她自己也常說「壞東西絕對沾不上我」。

她年輕時在六本木那一帶玩得很兇，長得非常漂亮。個性像男人一樣豪邁，討厭的事物絕對不會多看一眼。多虧有她的那種開朗從各方面救了我，每次找她商量時她也會像解謎似地與我耐心討論，助我不斷克服人生的艱難場面。

在我累積人生資歷的過程中，她絕對是我的智囊團。

她漸漸無法走路時，我當然多次以各種形式追問過。我說，是不是內臟有問題？她一再聲稱：「只是天生的股關節異常，隨著年紀增長開始惡化而已，醫生也早就說過遲早會變成這樣，所以只能接受現狀。」

以前我去她的老家玩時她父母對於她的腳也說過同樣的話，而且打從我們認識時就一直聽她說「股關節有毛病」，因此基本上我也相信了。

但我還是有點懷疑，因此和其他朋友輪流給她送水送食物，也開始商量等她真的不能走路時該怎麼辦。

二〇一八年三月，我和彼此共同的朋友聯絡時，他說：「前天我去看她，她不能走路好像很痛苦。雖有替我開門，但幾乎整天只能躺著。後天我打算在旅館訂個房間，用輪椅帶她過去住，用一個晚上替她收拾家裡。而且視情況或許也要聯絡醫院或她父母。」

唯一去過她父母家的我，連忙說：「我明天預定要去看她，到底要不要聯絡她父母，我會好好問她。不然我先打電話給她父母也行。」

到此地步，我以為那樣應該最好。

當天，她連電話也沒接，我買了要給她的甜酒釀和泡麵之類的東西走出超市時，不知為何忽然哭了。從那瞬間起直到最後我都還抱著一絲希望，因此只能說那是直覺。我忽然確信，就算買這種東西也沒用，不會進她嘴裡。

我一再按對講機她也沒接聽。而且信箱裡還塞著我上週寄的電熱水壺及食品無人領收的通知單。

我繞到公寓後面，打開我倆每次攜手經過的住戶專用鐵門。只能說是天意安排的某種力量，讓那扇本來需要住戶專用鑰匙的鐵門不知何故開了一條縫。我走樓梯上去，從二樓搭乘電梯。

一抵達她住的那層樓，已經聞到強烈的惡臭。搞不好死了，八成是吧。但我不能不去！好，去吧！

我抱著《陰屍路》劇中人物的那種決心，重新戴好口罩（我從來沒有那麼慶幸過。那天因為花粉症湊巧戴了口罩），扭動門把。

房門再次奇蹟式地打開了。

為了她的名譽，我就不詳述屋內發生什麼事了，總之屋內慘不忍睹。可以清楚看出她在不能動的狀態下為了生存而奮鬥的這二天有多辛苦。

她瘦得皮包骨渾身赤裸只裹了一條毯子，癱在一直開著的電視機前狹窄的地板上。大概是最後想看電視，保持仰臥的姿勢爬過來的吧。

「哎喲，小真（我的本名）！」她說。

她還活著！我打從心底鬆了一口氣，但我也很清楚她從這世上消失已是遲早的問題。

我哭著說，對不起沒有早點來，害妳變成這樣！她說，妳用不著哭。

之後我倆在救護車抵達前共度的那二小時，濃縮了長年來的友情全部，是非常溫馨的時光。

我邊聊邊整理房間，從她記得的數字發音推測，打電話給她父母，尋找住院用的現金，翻出響個不停的電話，向打電話來的我們共同的朋友說明狀況，等待朋友替我們叫的救護車。

她從毯子底下露出一角的身體不管怎麼看分明都是「癌症」，於是我問她是什麼時候開始的，她冷靜地向我說明，起先發生了什麼情況，接著變成怎樣，最後就變成這樣。

「為什麼中間都沒說？」我問，她像唱歌般說：「有點想說，也有點不想說欸～」

然後她說：「我沒鎖門喔。我的確稍微想了一下或許會有誰從那扇門進來救我。妳這個人，老是說『真到了緊要關頭時我就會來』，結果妳真的來了。」她笑了。「平時我並不希望有人在，而且我知道妳非常忙碌，不過能否再陪我一下下就好？」

窗外可以看見甲州街道。一如往常，來往車輛化為一條光河川流不息。

十天後，她死於醫院。

至今我仍覺得那段時光是贈禮。

她在醫院過世的一週後，我家年紀還不大的雄性愛犬突然死了。是隻傻呼呼很可愛的狗。

因為牠老是像傻瓜一樣叫個不停，附近的美國小孩看牠那樣都說牠是「stupid dog！」小澤健二家的孩子喊牠「devil！」我從未聽過如此生動的英文單字！

那隻狗和好友的死當然沒有任何靈異現象的關聯，但我當時忙著照顧瀕死的好友，後來又沉浸在好友過世的打擊中沒注意到狗，想必和狗的健康突然出問題有關。狗或許也感知到在我心中發生了大事。

起先我看狗一直拉肚子就帶牠去獸醫院，拿了治療腹瀉的藥給牠吃，雖然暫時有起色，但並未完全康復。

散步後給狗刷牙，牠的牙齒鬆動似乎很痛，我被牠狠狠咬了一口，甚至還破皮流血了。我當下反射性地揍牠一下以示警告，牠也垂頭喪氣知道自己錯了。對不起對不起，因為你把我都咬出血了——我一邊這麼想，突然起了疑心：奇怪？這個地方原先有蛀牙嗎？我當下很不安。如今想來那時牠的身體大概就已步向死亡了。

隔天丈夫又帶牠去醫院，回來時狗已經不能走了。被抱在懷裡的模樣異常孱弱，令我大吃一驚。據說醫生介紹了可以立刻做血液檢查的醫院，我決定也一起去。

橫越甲州街道去那間醫院時，就像既視感，忽然心生不祥。狗癱在我膝上。我不斷對牠說，我們還要一起生活很久很久喔，你要好起來喔，就這樣抵達醫院。

「怎麼拖到這種地步才來！」女醫生劈頭就教訓我們，沒看到這裡有這麼大的腫瘤嗎？

我敢發誓，那顆腫瘤在一週之前還不顯眼。抽血檢查後，是最壞的結果。醫生說牠隨時都有可能死掉，而且出現發紺的症狀。

一旁的男醫生是女醫生的丈夫，正在愉快地說著午餐要吃什麼。

女醫生說，可以把狗留在醫院吊點滴試試，但是不保證結果。男醫生好像覺得怎麼又是癌症，對地上的狗態度馬虎。顯然滿腦子只想著午休。

而狗，拚命試圖朝我們這邊爬過來。牠直勾勾看著我們。彷彿可以聽見他的聲音在說：我想回家。

淚水霎時奪眶而出。這陣子襲擊我的特殊狀況，以及我們與這隻笨狗的愛的歷史，這些人根本不可能懂，我不能把牠留在這裡。我如是想。

「小光，我們回去吧。」我說。

「沒錯，一起回去吧。」丈夫也說。

我說點滴我們自己打，領取了全套打點滴的用具，付了驚人的醫藥費，我再次抱著狗上車。

狗的呼吸粗重。

「和你一起生活很幸福，可以的話就讓我們一起繼續生活下去吧，不過，如果太勉強，那我只想告訴你我愛你，和你在一起真的一直都很開心喔。」

我不斷對牠這麼說。

面對預期的死亡，我的眼前一片灰色。這種灰色，我認識。這條路已經有好幾次看似灰色了，我暗想。

我家的狗八成也是癌症。不是身體漸漸衰弱，是突然惡化。和我那個好友一樣。雖然我不知是否該相提並論。

灰色世界中，只有狗看起來是彩色的。而我抱著去好友家時同樣的心情，從我們再次橫越的甲州街道眺望井之頭大道。
難以置信，竟然會死。
太突然了。
我喃喃說著和那時同樣的話。
狗還是溫熱的，在我膝上開始安心熟睡。
回到家，我想至少該給牠喝點美味的肉湯，正在熬高湯時，狗叫了。我跑過去，抱起牠。
眨眼之間，他就在我懷中死了。
啊，又來了，這一瞬間又來了。
我心想。
我不明白為何自己非得一次又一次努力承受這麼糟的事，這種事不管怎麼想都無法忍受。然而，面對我所愛的生命就能夠努力，就能夠不顧自己的悲傷，傾盡全力為對方送行。我想，只要相信那點就夠了。

迄今，掃墓或為了其他事經過那條路時，還是會心頭一緊。

時間越久就只會想起越多快樂的回憶，在送走那些死者的過程中，那個地點濃縮了最辛酸的精華。

道路明明是朝八王子方向不斷延伸而去，身體卻已記住，心靈一直「難以置信，真希望是騙人的」陷入奇妙恍惚的那種感覺。

世界的盡頭

この世の果て

我以前的男朋友當時其實也才二十幾歲，興趣卻非常老人。仗著外表像個大叔，獨自去各家居酒屋喝酒就是他的日常生活。他最精彩的故事，是國中時為了買自動販賣機的成人書刊（當時叫做塑膠本×），特地戴著墨鏡，黏上紙做的假鬍子，半夜一個人去。這樣意圖也太明顯，看到他的人想必都笑了。

現在整理得非常乾淨美觀的東上野街區以前還「亂七八糟」時，位於那巷弄內只有小吧台的居酒屋就是他常去的地方。

因此，我們經常相約在我打工下班後去那兒碰面。

現在我只隱約記得店裡的下酒菜平平無奇，啤酒只有瓶裝的，廁所距離座位很近，裡面的動靜都聽得一清二楚且門又薄又窄，整間屋子好像都是水泥打造（並不是安藤忠雄那種時尚的清水模建築），整體有種恰到好處的骯髒，總之就是非常非常普通的店。如果是電影劇本絕對完美符合「極為普通的巷子裡的廉價居酒屋」這個設定。那已是三十幾年前的往事，所以細節已不大記得，但我確定沒有賣生啤酒。

不過獨自經營那間店的老闆（禿頭缺牙且身材乾瘦），不愧是我的前男友看中的地方，是個很了不起的人。

迄今仍忘不了那位大叔令人佩服的中立態度。

無論是悲是喜都只是坦然接受，一心一意埋頭工作，是典型的「市井之間的天才」。關於他的人生我了解不多，只能確定他有感

×　塑膠本，以透明塑膠袋包裝，讓人無法隨意翻閱內容。

情融洽的家人，家庭和諧。他也經常提起太太和兒子女兒。

店裡如果發生爭吵，他就會勸阻，如果有人樂呵呵的，他就一起笑，如果有尾牙，他就愉快地和熟客一起喝酒，我把打工地點賣剩的糯米丸子帶去，他就會喜孜孜地說聲「謝謝喔」收下之後分享給大家，總是準時營業到深夜二點，然後獨自騎腳踏車回家。就是這樣的大叔。

一如他工作時的埋頭苦幹，他也同樣埋頭不停喝酒，所以才會那麼瘦吧。或也因此才能一直面帶微笑。

現在腦海浮現的老闆，也總是一手拿著酒杯，所以這麼推論應該不會錯。

還有店內的那些常客，我想必也會永生難忘。

無論在哪個城市，永遠有這種人悄然生存。我不想忘記這個事實。

他們給人的感覺足以匹敵清野通先生的漫畫《東京都北區赤羽》系列作中出現的人物。

除了我們這對情侶之外，幾乎所有的客人都已不年輕。而且聽他們說話，工作也多半不順遂。以他們的收入水準，不是「想來」那家店，而是「只能來那家店」。尚未成為作家的我，當時只是打工族，所以在經濟方面處於同樣狀態，或也因此才能自然地融入那個環境。

在「雖然只能來這種價格的店，但是還滿喜歡那個老闆大叔」

這一點，那些人或許深深結為一體。

基本上除了我倆之外的所有人都是相當嚴重的酒精中毒。常客之中有二人的臉上有很嚴重的傷疤，據說一個是因為出車禍，另一人是喝醉了從窗子跌落，也太可怕了。

之後的人生雖然經常看到那種人，但如今自己有了小孩，為了安全起見我已經不會再去深度酒精中毒者超過二人的那種店，甚至好像已明確地把那個當成挑選店家的基準。

酒精中毒者如果出現第二個，店內氛圍就會一下子變得複雜。如果用委婉的說法，客人們的生活水準和複雜的程度當然有密切的關係。

說來理所當然，發酒瘋和酒精中毒自是不同。有人發酒瘋的店我當下就不可能靠近。因為我非常害怕對方會突然抓狂。至今仍然最害怕這個。

我不知道是否該把中上健次老師如此歸類，但中上老師生前，也曾笑嘻嘻地猝然出手揍人或者摔玻璃杯，因此一定得看清他的臨界點。不過不管有沒有看清，那瞬間絕對會降臨，所以其實沒有太大意義。只不過，有心理準備知道會發生和毫不知情地在場，二者絕對不一樣。僅此而已。中上老師沒有打過女人，所以我只是旁觀，但男性似乎都很傷腦筋。

取而代之的是（取而代之？）真正發酒瘋的人，我很親近的朋友和前男友（不是這篇隨筆出現的人）就是，因此我對這種人發酒瘋的時機很了解。不過，知道了也束手無策，所以也只是覺得「唉，真麻煩，又來了嗎」。

覺得他今天應該沒問題的日子偏偏就會發酒瘋，這點和憂鬱症患者的自殺時機有點相似。很抱歉，我舉這個例子並不得體，但就體感而言二者真的非常相似。最近酒喝得少了，也沒抓狂失控，今天也沒喝多少，好像也沒發生什麼事會造成壓力——偏偏在這種日子，就是會突然發酒瘋。

憂鬱症患者往往在已經恢復健康超過一年，也可以獨自外出，也能脫下睡衣換上常服，就在說著「太好了太好了」之際突然自殺離世，那個時間點究竟是怎麼回事？

他們無疑天天積鬱著什麼。

我總覺得比起精神上，那更是生理上的問題。

是的，而且發酒瘋的人會做出超人式的行動。我曾多次目睹那種奇蹟的瞬間。

我的前男友只是突然變得活潑過度，無處發洩旺盛精力，不知道跑去哪裡（但他在那種狀態下騎摩托車飆車出了車禍，喪失一眼的視力），另一人卻是真的很誇張。

或許該說每次都像在看恐怖電影《大法師》。

明明坐在樂雅樂餐廳的椅子上談笑，他的臉還朝著這邊突然就全速倒退著跑去店內另一頭（瞬間以高速遠去，嚇我一跳），再不然就是突然翻越剪票口的閘門驚險鑽進即將關閉車門的電車。大家喝醉了一起走在路上忽見公車來到站牌，只有他一個人像忍者似的倏然跳上公車。那種神速簡直絕了！

搭公車的那次是在西荻，大約晚間十一點，可是據說他早上醒來時人在築地。他沒有坐計程車，意識也不清醒，是怎麼換車才能從西荻跑到築地去的？那段路程想必就算要轉乘都很困難吧。而且中間還絕妙地夾著半夜沒有電車和公車的時間，他身上好像也沒什麼錢，所以應該不可能坐計程車。

我不由浮現「人類只用了大腦的百分之幾」這類說法。

也認真追過幾次，搞得自己筋疲力盡傷心哭泣，不過仔細想想我幹嘛為一個不是男友的男人做到這種地步？換作現在的我就算那人可能遇上多麼危險的情況我也不會去追。

當時的我，顯然溫柔體貼多了。
我很想給那個因為溫柔體貼而哭泣的年輕的我摸摸頭。

換個話題，我在東上野的那段經歷，只是因為「男友常去」這種特殊狀況才會去那間店，本來我絕對不會在旅行時故意背著背包去住貧民區，或是在破破爛爛的路邊攤吃飯。
因為，每天待在那地方的人都知道。
「這個地區，這家店，不是這人該來的」——就算打扮得再怎麼休閒，還是會因為全身散發出「走錯地方的人」的氣息而澈底暴露。
所以會很難為情（當然，我絕非否定有些人想見識各種地區的心情），做不到。當然一方面也是因為很危險，很害怕。

我從小生長在相當複雜的庶民老街（如今那一帶叫做谷根千，變得有點時尚），有很多龍蛇雜處的酒館，在那裡不知見過多少人即使打扮得再怎麼「隨意」，全身依舊瀰漫「來自山手高級住宅區」的氛圍。

我透過生理直覺知道，在初次造訪某酒館時禮貌上說聲「很好喝」當然可以，不過店主如果不是那種愛熱鬧的人，最好還是保持安靜。是否覺得美味，表情和動作自然會傳達給調製餐飲的人。

那種想法歸根究底，最後自然不會去陌生的地方，在熟悉的地方生活會成為那個人自然而然的底線。

雖然也有很多人的愛好就是四處吃吃喝喝，但老是去沒去過的店，我總覺得對一般人來說，並不是那麼舒服的行動。

初次造訪也沒問題的，基本上，大概只有在旅途地點或可以事先訂位的店。因為那種狀態可以讓人在訂位之後完全流露出初來乍到的新鮮感享受觀光客的氣氛，店裡的人也早已司空見慣。

就算不至於敲竹槓或者摻安眠藥，旅行地點的店家也伴隨刺激和風險，因此或許也有許多人覺得那樣很好玩，但我看過太多被人找碴起糾紛或者吃壞肚子，甚至被偷的倒楣例子，自然不大有興致。

頂多是拜訪定居當地的朋友，去朋友常去的店，這大概才是在陌生土地的自然態度。

而且恕我說句很像歐巴桑會說的話，朋友介紹的店如果日後要和別人去，我認為也該和那個朋友說一聲。

我很驚訝居然有那麼多人做不到這點，明明不費事，為何不這麼做？

記得有一次，熟人帶朋友去他曾和我去過的店，對店員和他朋友大談我兒子的打工地點和姓名之類的個人資訊，事後我從店裡的人那邊聽說時，我非常驚愕，就此和對方絕交。

為了避免那種事，我認為好歹該說一聲「上次你介紹給我的店，我明天要去喔」、「我昨天去了喔，謝謝你介紹給我好地方」。

反正遲早肯定都會從店員那裡聽到「上次你朋友帶了別的朋友來」。為了避免屆時出現「啊？是喔，真的啊——」這種反應，我向來認為先知會一聲是基本禮貌。

不過這真的是很難判斷的問題，也要看各人的個性而定。

很久以前，那時我還在東上野混在酒精中毒者之中喝酒，某天在要靠人介紹才能進入的私家菜西餐廳，老闆說「您之前也來過吧」，我說「對，和某某社的某某先生來過一次」，被在場的年長女性嚴厲斥責「和別人來的時候不該講這種話」，但我是主客，所以我覺得為了日後的人際關係著想還是說一聲比較好，我並不後悔當時那個判斷。

我反而還覺得，那個人對初次見面的我講那種話很失禮。只不過當時還年輕，所以不好意思反駁。

果然，那個人後來明明還一起吃過很多次飯，日後卻在公開場合，面不改色地謊稱和我從來沒見過。這種單薄的道德觀我始終耿耿於懷。我覺得如果討厭就說討厭，如果想捏造自己的人生歷史就直說，不過想必也有那種人生吧。

對人生道德觀的想法，其實和年輕或長幼尊卑毫無關係，當時我卻常因為那樣的議題莫名其妙地挨罵。是，您說得對，真是抱歉——我多半是這樣完全不用心地就敷衍過去。生氣方式真正於我有益的人，他們說的話我會銘記在心一輩子避免犯錯，除此之外的，全是「無關緊要」。

只能說我與那種人無緣。

我獲得山本周五郎獎時，中央公論社的前社長嶋中先生和我一起坐車送我回家，半路臨時殺去名店「數寄屋橋次郎」壽司店，當他說「師傅，這個人得獎了，給她包一盒壽司」時，我已經惶恐得無地自容了。心理暗想「拜託別鬧了好嗎～」。

師傅一再表示「我們不做外帶的伴手禮，社長」，我只能說「不用了，沒關係，社長，改天再請您帶我來店裡吃」。最後師傅招架不住還是特別為我包了一盒壽司。

雖然非常好吃，但也非常抱歉。

不過如今已不在人世的嶋中社長當時看起來很高興，我抱著孝順父母的心情心想算了。

那家東上野居酒屋的老闆眼神總是非常乾淨，無論對我或是對酒精中毒的女人，都不曾投以淫穢的眼光。

一方面或許也是因為他已是老爺爺，但我感到最主要還是他有「在這個愉快的店內基本上本就禁止那種氛圍」、「開心喝酒就好！」的強烈信念。

酒精中毒者經常受傷或是吐血。有個小故事因為太一針見血我忍不住寫了好幾次，正如瑪丹娜對寇特．柯本的評論，「大家認清現實吧，嗑那麼多藥怎麼可能什麼事都沒有。」

重度酒癮圈已開始倒數計時。要暫時延緩當然可以，但基本上已無回頭之路。只能等待「身體的極限」這顆定時炸彈不知幾時爆炸就像被判緩刑的日子，大家卻「視而不見」悠緩度過，是異樣寬容的世界。那當然也是一種選擇。如果不這樣逃避就無法承受人生重擔以及這世界的盡頭。這一點也不浪漫。但也不是全然骯髒。大叔的笑容總是很燦爛，大叔的周遭也充滿所謂的人情。他們絕對算不上好人。即便是年輕的我也只覺得「看吧看吧就是因為這樣，才會沒有收入，落魄的確是有原因的」。但是不能怪對方。當事人自己想必更無奈。我們不該對這種事做審判。無論是年輕或長大成熟之後。

以那些人的那種喝法，現在想必絕大多數都已不在人世。

我的前男友，偶爾會減少酒量，就這麼自欺欺人地過日子。我經常送他到月台，目送電車離去後再獨自返家，不過仔細想想好像角色顛倒了？我想，他當時也還太年輕。想必希望有人送行吧。

如今我已嘗盡酸楚與甜蜜，絕對不會和說要送我回家的男人交往，所以很慶幸當時做了那樣可愛的舉動。

那位大叔，後來也因為喝酒死於咽喉癌。

我和前男友去探望他時他反覆用沙啞的聲音說「被抬上救護車

時，我以為死定了」和「謝謝你們來看我」，令我始終難忘。

每天本本分分地開店，製作簡單的菜餚，年輕人混進來也不拒絕，對酒精中毒者也只有「你喝太多了，該回去了」這種程度的拒絕，所以打造出一個在別處被排斥的人全都能夠被接納的安身之處，只是活著然後死去的那種偉大人物的靈魂，想必悄然充滿任何酒場。

那種人的靈魂想必今天也混在人們之中喝酒。遺憾的是，擁有肉體活在這世上，也就等於無法超越肉體的侷限，所以大家才會死去吧。

就算喝再多也沒問題了，請盡量喝吧——我衷心地想。

大叔肯定去了天堂也在開酒館，而且既然是天堂想必什麼都能實現，所以也可以開勞斯萊斯往返，但他一定還是騎腳踏車往返，

所以那些無藥可救的常客，八成也繼續圍坐在吧台邊，這麼一想，
我決定等我死了好歹也要去露個臉。
　雖說如此，但我還是小心不要變成那裡的常客吧。

（ほぼ自伝）

初戀之謎

初恋の謎

有一次，而且是在我已經有小孩的年代，突然間，毫無起因（完全不是因為白天去了當地，或是跟誰聊起小學時的事）做了一個初戀情人死掉的非常寫實的夢。

在類似老家千駄木的後巷邊的廢墟，我看到念國中的他正在和朋友講話，但那個朋友在現實生活中已經意外身亡，不在這世上了。

於是，我心想，唉，他也死了啊。因為他和死人在一起，而且明明是廢墟看起來卻像站在熱鬧的街頭。

但他滿面笑容，發現我後，還對我說，「新開了一家店叫做某某，我和這傢伙要去吃小籠包，妳去過了嗎？」

看他這樣滿面笑容，我想，還是別告訴他，他已經死掉比較好。

可是，他媽媽和弟弟不知怎麼想。就是這樣的夢。

醒來後，我思忖，他該不會真的死了吧？心情沉鬱地帶狗出去散步，就看到眼前的路上有三個國中時的同學走過。

我當下懷疑，這是夢嗎？這裡如果是千馱木還能理解。然而，並不是。這裡是世田谷區。而且如果是一個人還能理解。問題是國中時就是死黨的三人，帶著全然相同的調調和氛圍走在我眼前。

這讓我越發覺得大有問題。

三人看到我，紛紛驚呼：「哇塞，吉本？妳不是吉本嗎？」一問之下原來是其中一人搬到這附近，他們說是來新家作客，順便在下北澤觀光。聽了原委之後其實沒什麼，可是對於之前從來不曾在老家以外的地方遇見同學的我而言，剛做完那場夢就見到那三人，越發可怕了。

我當然沒有花錢去找人解夢，不過和那個如今已過世的靈能顧問好友聊天時順帶提及此事，我說：「那是否在暗示，他真的死了呢？」她說：「應該不至於，但也許你們已經不會再見面了吧。」

照理說她的直覺向來很少出錯，雖說這不是正式的靈能鑑定，但還是很罕見的情形。

結果，死掉的竟是她。現在也天天好想她。我完全沒有「居然讓我發現那種狀態！」的怨尤。只覺得「沒辦法，這就是朋友」。

是的，後來我也和他很尋常地重逢了。

沒有怦然心動，也沒有意亂情迷。

只是秉持發自內心的愛。世上有這種事嗎？

幾年後在臉書發現他出現在「你可能認識的朋友」那一欄時，我喜極而泣。起因我記得是因為最近見過的某人的表妹湊巧是國中同學之類的。他沒死，光是這樣就夠了。但我當然主動加好友，也通知同學們，他終於不再是失蹤人口。他本來被列入無法取得聯絡的名單，所以我也通知了中小學同學會的主辦人。因此有了重逢的機會。當然不是我倆單獨見面。這點我是非常講規矩的。

他像一般人一樣進入企業上班，換工作，婚後生了一兒一女，以他的方式過日子。對此我除了覺得太好了之外，沒有湧現任何熾熱的感情。我這才察覺。原來我一直毫無熱情。該怎麼說呢，把他當成風景才是我最愛的，好像不是當成異性。

「聽說某某死了吧？」同學會上提到他的死黨名字，「啊？有這回事？」「真的？」幾個昔日少年咋咋呼呼。「或許只是傳聞吧，如果是誤傳那就抱歉了。」我也慌了手腳，初戀情人笑著說：「萬一他沒死怎麼辦～我要向他告狀！」他的笑容一如往昔。

結果另一個昔日少年神色正經地悲痛說：「M死了。是真的，是意外身亡。」結果，初戀情人聽了，很明顯地神色黯然。一邊說：「是嗎，這樣啊。」我暗想，他沒變，這一切都令人懷念。很少有人像他這樣喜怒哀樂全都寫在臉上過日子。

他就像是我人生最幸福的小學時代的美夢象徵。

我姊當時還在東京每天從早到晚都能陪我玩，和好友也是每天開開心心地共度，我會從好友房間的窗口望著他家說「他現在不知在做什麼」。就像那個夢，象徵著永不復返的美好歲月。

只要去學校，就能看見他。上課時我總是望著他穿著綠色毛衣的背影。我和好友同班，下課時間理所當然在一起。放學也一起。每天一起跑到身為鑰匙兒童的她住的公寓樓梯。按照自己喜歡的比例調配喝起來甜甜的咖啡和牛奶，或者烤肉吃，看卡通，喝她爸爸珍藏的健康飲料。

從她家窗外可以看見不忍街。過了馬路就是他住的公寓大樓。可以看見他家的窗戶。偶爾一看，冬日傍晚那扇窗戶會亮著燈。

我家前面的死胡同（老街用語），因為沒車子，經常有小孩在那裡玩。他弟弟也往往混在其中。他們長得有點像，所以我甚至為此竊喜。

只因為在千駄木，他和他的家人自然生活在風景中。我不想更接近他，只覺得真是好風景，好養眼啊，那對我而言是人生的基本風景。定點，確認，安心。就是那種感覺。

不過話說回來，他究竟有哪一點那麼吸引我，讓我在青春期照理說應該有很多邂逅的歲月中，整整十年除了他看不見任何異性？那段期間，我只和別的男生去看過一次電影。到了準備要正式交往時，我朝窗外一看，初戀對象正在上體育課打棒球。看到他的那瞬間，我心想「我不可能喜歡對方勝過喜歡這個人，那我還跟對方交往不好吧」，於是就此作罷。雖然對不起對方，但就是這麼簡單。

我是靠思考工作，直覺也不差。可以說在我的人生完全沒有不知原因的事。

那樣的人生中，唯一捉摸不透的謎團就是他。

我倒是很清楚當時的好友她吸引我的原因。因為自己太與眾不同，我行我素，有才華，堅定不移，就這樣直到年過五十歲依然故我。她當時的言行舉止一切都很新鮮，令我每天都很感動。為什麼會這麼有趣，這麼酷，看起來明明很普通卻每次都能給我意想不到的回答？

甚至可以說我跟她才更像戀愛，總之她於我就是如此特別。即便如今她已結婚育有二子，她獨特的步調還是沒變。她覺得不用展現給任何人看，也不需要變得有名，因為她這麼想，才能抱著那驚人的才華淡定過生活，就是那樣的寶藏女子。

但是關於他，他並不是長得特別帥，而且因為是理科生，所以還會思路井然地用相當辛辣的話嗆我，被我覬覦了這麼久他當然也對我很提防（笑），真要說他有什麼特別值得尊敬的地方好像也沒有。

然而，在「他就是他」這點，他果然也和我的好友一樣永遠是專業級。他擁有深不可測的溫柔與純真，至今每次在同學會見面時我還是忍不住想，再也找不到像他這樣心靈純真的人了。

對於家庭狀況有點複雜，冷眼旁觀自己漸漸心如死灰的我而言，他那種健全，以及他的家庭溫暖，或許是我的憧憬。

有段極為短暫的時間，我倆算是互有好感。

大概是國小四年級的幾個月。

宿營活動時半夜忽然想見他，結果走到走廊一看他就在那裡，於是站著聊了很久。

當我扛著腳踏車走上很陡的樓梯時，他會過來抬起我的腳踏車陪我一起走上去。

我們曾有一瞬間，在尚無性欲介入的餘地時，打從心底互相喜歡，那裡的確充滿我所有的夢想與理想。

培養出這樣超級刁鑽的自己，可以八面玲瓏，面不改色對男人說「你這混蛋」的我，只有在他面前展現的另一種人格至今仍在。

那是打從心底期盼他人的幸福，文靜乖巧，堪稱清純得無與倫比的人格。

說不定我就是因為喜歡那個自己，內心一隅覺得那才是自己的本質（實際是如何先不談），才會喜歡他。

他當然在我之後也喜歡過很多人，到了小學高年級和國中也開始有交往對象，當時的我對此當然很心痛，但我衷心覺得，他只要還在就好了，不用和我交往沒關係，只要他能笑著過日子就好。

後來，同學會結束後有幾人和我加上我兒子一起去表演魔術的酒吧，坐在他旁邊的我，不動聲色地和他以前喜歡的人換位子。我說「這裡可以看得更清楚」。我想，我這種個性始終沒變。只願他幸福，自己怎樣不重要。是超級柏拉圖式的愛情。

起初雖是互有好感，但之後那十年當中我告白三次都被拒絕，我這麼一說，丈夫甚至揶揄：「像妳那樣，根本是男人嘛！」但那就是我謎團重重的青春，現在這樣寫出來也只是加深謎團完全沒有心動的感覺，但是日前，我看綜藝節目《歡迎超級特別來賓》，竟然出現像我這樣的人令我大吃一驚。那是個迄今仍對初戀對象難以忘懷始終單身的女社長。和我不同的是，不愧是女社長，在不斷主動出擊之下，一度和對方交往成功，了不起。

對方已經結婚生子，當然他與她不再見面，但最後出現他的影片，他說：「能得到如此深刻的愛情，我很感激。正因如此，我認為自己不能抱著半吊子的心態和妳隨便交往。」當她哭著說他果然是好人時，我第一次感到某種近似自己的東西。

她是如何看待他的，我了如指掌。如神一般絕對。

當時，我的好友像半夜躲債逃走般突然搬走時，我流著眼淚猜想她一定是搬去更小的房子，結果搭電車去她家過夜時，竟發現她不知何故住在更大的公寓不禁大吃一驚。

她媽媽坐在真皮沙發上看電視。請我吃豪華大餐，身為獨生女的她擁有寬敞的兒童房。

她依舊在我老家的千駄木上學，可見搬得應該不遠，附近有大池塘，我們白天去坐船。在波光粼粼的水上嬉戲，度過漫長的一日。

晚上兩個被窩靠在一起邊聊邊睡。

「每次，我都會幻想，要是能和喜歡的人在夜裡偶遇該有多好。」

她說。

「那就太美好了。」

我說。

我們看漫畫，偶爾聊天，就這樣並肩躺著直到深夜還沒睡，最後她媽媽氣沖沖出現，叫我們趕快睡。

但我們還是沒停止聊天，在黑暗中，無止境地聊著沒營養的廢話。

那晚她惦記的對象，後來在大學時自殺身亡。已經不在了。如今我也不再思慕初戀的他。我感謝他還活著，只覺得能夠喜歡心靈如此純淨的人長達十年之久是個奇蹟。

他是我的人生越來越汙穢的過程中，唯一美好的人。小時候的他獨特的動作，慢吞吞的走路方式，優秀的成績，漂亮的手，揮棒擊球時的姿勢……至今依然烙印在我心上。

即便一切破碎散落，物是人非，那晚我與好友的聊天，以及小船緩緩滑過水面的美麗波光，已是永恆。

幾年前開同學會時，因為無人可托，於是我把當時十二歲左右的兒子也帶去了。那是庶民老街，所以無人怪罪這點，大家都很歡迎他還陪他一起玩。

當時初戀對象和我兒子並肩微笑的魔幻合照，至今仍是我的人生珍寶。

當時的好友也來了。好友看到我的初戀對象後，說：「你在那邊站一下，我要替你一個人拍照。」他說：「為什麼？」好友說：「因為小N，你都沒變。不變到這種地步簡直太有趣了。我要拍照傳給我媽看。」他落荒而逃：「我才不要因為那種理由拍照！」她追過去，「好啦！你就讓我拍一下嘛！」

我看著那一幕，獨自暗想，有這些美好的人為我打造我人生中特別幸福的時期，真是太好了。

追溯階層之路

階層をたどる道

有很長一段時間，我住在目白附近。

對我來說迄今仍是「再去住一陣子也行」的少有街區。

平日的我一旦搬離，就像是玩大富翁時，除非走到那一格寫著「作為懲罰要倒退數格」，否則絕不可能回頭，縱使懷念那個地方也不會想要搬回去。可是，目白讓我感到好像還有什麼未了的心願，有某種難以言喻的東西。從當時擠滿咖啡屋、炸豬排店、中餐館、進口食品店、熟食店、居酒屋等店家的熱鬧車站前，我會往老街的下落合、椎名町的方向沿著目白大道散步。

國外來的朋友下榻里奇蒙飯店，可以去飯店裡的鐵板燒餐廳，或是帶朋友去對方喜好的小店。

如果是有錢人就介紹他去椿山莊，在那裡用餐。

現在已經消失的目白大道旁那家裱框店樓上的法國餐廳就各種意味而言都很像巴黎。

如果要買大件物品，就去池袋或新宿。努力一下也能徒步走到東中野和早稻田。

總之是我喜歡的那種均衡感的街區。

當時的煎熬到現在都無法妥切形容，但是對於背負著名聲的包袱和金錢的重擔等等東西，總是半死不活像個病人的我，目白附近照理說應該沒什麼美好回憶。可是迄今我仍認為那是幸福的每一天。

感覺上，是土地讓我幸福。

早上起來和狗玩，漫無目標地慢吞吞走到咖啡店簡直太棒了。

咖啡如果好喝那就更沒話說。

而且，不知怎的我覺得當時的自己「最年輕而且前途無量」。明明已經那樣筋疲力盡陷入絕望。

也是在這段期間我拒絕加入某大師的文學沙龍，嚴重惹火當時的男友和包括男友上司在內的全體人員，而且某大師介紹我的房屋仲介商推薦我在已經忘了地點的小島買別墅，也被我拒絕，我在文藝圈待得如坐針氈。

如今那些邀請過我的人也已充分了解我的個性，年過五十仍舊貫徹同樣的調調，果然沒有任何人再說出那種感覺的話，不過當時別人大概還不清楚我的個性。

為何非得為了確立地位而加入不感興趣的派系，我完全無法理解。小說家只要寫小說就好。雖然沒說出來，但我一直這麼想。所以雖只是隱約的略有所感，但已覺得這樣的世界待不下去。好像不是我的安身之處。必須事先磋商，拓展人脈，逐一完成推拒不了的工作和應酬「向上爬」令我很困擾。我可不記得自己選了那樣的職業。而且除了中上健次先生和寺田博先生以外的人，幾乎都告誡我應該心懷感激，因為我能走紅只有現在。不過，那個年代就連村上春樹先生都還在摸索小說家的立身之道，我這個小菜鳥自然說什麼都不管用。

雖是菜鳥卻不知為何老是說NO，別人大概也覺得搞不懂我的目標到底是什麼。但我看到的，只是我現在所在的地點，也難怪會讓人覺得我腦子有毛病。在周遭的人看來顯然只是妄想吧。

後來見到春樹先生時，我不禁給他一個感謝的擁抱。就是這麼感謝。要是沒有他，我大概會被這個圈子同化，小說也澈底淪為自我模仿的歐巴桑吧。就算沒有那樣，可能也抗爭得筋疲力盡生病死掉了。

春樹先生和森博嗣先生，在業界都是打破常規的奇人，對我而言卻是開創道路的恩人。

是的，對當時的我而言，不斷拒絕那種人際關係，也意味著要和同居的編輯男友分手。難道沒有什麼解決的方法嗎？就在我這樣苦惱地病倒時，湊巧朋友順道來訪，聽到對方嚷著「快給我弄點吃的～」時，我很慶幸自己不再孤獨，甚至哭了出來。我想當時已被逼得相當緊了。

換作現在就能理解。我並非就職小說家這個職業，我只是想尋找自己想要的生活方式。也不可能嫁人，那樣會沒時間寫小說。我看到更壯闊的夢想，而且對自己來說那是尋常之事，我不覺得有必要解釋。

因為太無知，我甚至不覺得住在一樓很危險。那固然厲害，但我認為不知恐懼為何物的自己也挺好的。狗在陽台大小便，因此配合狗的身材（大型犬），總是開著一條門縫讓狗自由出入陽台，我就出門了。雖然用螺絲鎖固定住那個縫隙，卻完全無法防盜。這點也很厲害。

山田詠美老師來玩時，她當時的先生用英語說：「她為什麼能

（ほぼ自伝）

在這麼小的屋子生活？」不知怎的我聽懂了，遂用日語說：「我在隔壁租了一間工作室。」年輕的山田老師知道我英文很破，當下吃驚地說：「妳怎麼聽得懂？」那成了我最開心的回憶。其實我不是聽懂英文，是看懂了他的表情！

我家的哈士奇去撲山田老師，山田老師卻完全不怕也不嫌棄地陪狗玩，這些都是可愛的情景。真正討厭被狗弄髒衣服的人我一看就知道。因為稍微一點髒就會拚命擦拭或閃避。可是山田老師不同。她是認真和狗嬉鬧。我超愛她。

已故的安原顯先生以前也常來玩。

明明桃花運那麼旺，對我卻毫無情欲（那是當然，因為他同時也是我父親的責任編輯），感覺就是個懷念的叔叔，我們會一起去吃點東西，或是去聽爵士樂。我記得最清楚的，就是「這家店叫做GH9，那是因為老闆禿頭喔」這種廢話，還有「男人和電線杆一樣，只有在外面才站得起來」，是從來不對我開黃腔的他，唯一提供的寶貴黃色笑話。

我得到山本周五郎獎時，人非常好而且還很紳士的橫山先生這位總編輯，非常彬彬有禮又溫柔地對我說：「得獎後的第一本作品給我家出版社出好嗎？」那瞬間，安原先生說：「這是什麼話！基本上，妳也沒開口討，他們就自行把獎頒給妳，然後因為妳得獎就叫妳寫的作品給他們，這世上哪有這麼便宜的事，開什麼玩笑！對吧！」我只好說：「這個，現在有點忙，可能有困難。」不過仔細想想還真糟糕。至今仍覺得抱歉。

安原先生也有點對拉幫結派不屑一顧的味道，所以我很慶幸，但整體而言他真的很誇張，完全不能當作基準。不過，看到他身為員工卻放肆批評上司還是挺有趣的。

當時，安原先生交好的某公司出版了一本很過分的書，名為評論，實則通篇都在講我的壞話，令我很驚訝，而且那家出版社還有大約一百萬沒付給我卻態度含糊不清，老實說到現在我都很生氣。我從來沒那麼受傷過。和安原先生也因此有點疏遠。我們兩家人互有來往，他等於是從小看著我長大的，所以幸好直到最後都沒有真的絕交。也很高興看到他女兒目前的活躍表現。

壞書會喚來壞現象，因此近年來也有人擅自引用那上面的訪談大書特書我的壞話發表短篇。總之不管怎樣，我早就隱約覺得不對勁卻還是在那家出版雜誌書（mook），是我自己活該。不好的工作會感覺很糟。留心避免那種情形，也是工作的重要一面。

我知道這種討厭的心情會一直留下疙瘩，所以現在絕對不允許稿費未付清。

不過安原先生也有他格外貼心之處。他其實很討厭喝牛奶，有一次我父親讓安原先生喝他當時熱衷的燒酒兌熱牛奶。事後他對我說：「超難喝！差點吐出來！可是吉本先生笑嘻嘻地捧出來像要獻寶，所以不管怎樣我都得喝！」可以感到那不是義務而是愛。他是個令人好氣又好笑的人。

村上春樹先生對於安原先生賣掉他的親筆手稿曾經寫過一篇類

似抗議「那太扯了」的稿子，我也有同感。想必，他把我的稿子也賣了。不過，該怎麼說呢，那是因為以前交往方式那麼不設防才會大為震驚，或許可說是還有手寫原稿時代的最後惡習吧，我想，那是莫可奈何。

附帶一提，關於此事，父親說「這點小事妳就睜一隻眼閉一隻眼算了」，可我心中多少還是有點覺得「那是因為爸你不是小說家，根本不懂」。想必是職業的差異令我更偏向村上先生而非父親的觀點。

總之，年輕，似乎就代表很多事都不能明言。另外，也代表著不知如何表達吧。

我以前住的地方，比起目白更靠近下落合。因此ＪＲ目白車站前那個有點皇族氛圍的世界，也很適合去玩。離學習院也近，有很多「皇太子殿下經常和朋友光臨此地」的商店，雖然樸素卻感覺很有格調。

還有規模變得那麼大的巴塔哥尼亞（Patagonia）在日本的第一家直營店，由於太環保，買刷毛外套之類的商品時，店員真的用不透明的垃圾袋替我包裝，我覺得這也太誇張了。

正如一開頭所寫，當時，我天天去目白車站前位於二樓的咖啡店。起床之後，感覺不管是宿醉，還是渾身無力都要去那間店。在那裡喝了咖啡，好像才能開始一天的生活。

和人討論工作、上英語會話課、寫作、用餐，全都在那裡解決。

幾乎已可稱為我的事務所。

吃那裡的蛋糕，喝好幾杯咖啡，吃貝果三明治，老是泡在那家咖啡店，連自己都覺得好像待太久了。

後來，我和集英社的責任編輯谷口小姐為了工作去輕井澤，隨口提及那家常去的咖啡店搬到輕井澤後，我總是特地去光顧，她聽了說：「那是我叔叔開的店！」當時的驚訝令我永生難忘。

之後，谷口小姐換了出版社，現在竟與我合作製作本書。

因此我和谷口小姐一起順道拜訪了那家從目白搬到輕井澤的咖啡屋。

我親眼看到谷口小姐喊我每天見面的老闆「阿叔」。太魔幻了。

過去與現在竟然那樣串連！

從目白沿著目白大道不斷往下落合方向走，經過當時女星黑木香從高處摔落被抬去送醫掀起話題的那家醫院，漸漸進入我心中的「丸八區」。

之所以這麼稱呼，是因為當時那一帶的商店幾乎都是那樣的店名。包括古董店和餐館、中餐廳、蕎麥麵店、鰻魚店，有各式各樣的丸八。而且餐飲店的味道一律很普通。

我就住在丸八區的中央，經常吃味道普通的東西。在我這一生中，恐怕沒吃過那麼「百分之百普通」的味道。

而且我每天都去丸八區中央的蔬果店，有一次週刊雜誌採訪，「吉本芭娜娜小姐住在這一帶是吧？請問她來過嗎？」蔬果店老闆回答：「對，幾乎天天都會買點東西喔。真可憐，應該是想安靜過日子吧。」

我還以為自己沒被發現，每次都買打折的番茄，害我有點難為情。

而且，偶爾我也會去當時位於目白大道沿線，好吃得難以想像的翁派蕎麥麵店，抹消對於普通味道的不滿。

走到下落合，世界就會一下子充滿老街感。

如果繼續走到椎名町，有很多魔幻的店家。比方說神秘的專業書店，風味可怕的酒館。

最厲害的，是我在〈一種體驗〉這篇小說中曾經稍微借用靈感，由某位矮小阿伯開設的出租錄影帶店。我第一次進店時不由暗想，這又不是村上龍老師的小說！店內有很冷門的電影錄影帶（寺山修司或韋納．赫佐格之類的），所以我常去租帶子。如果是架子上層的帶子，矮小的店長會踩著梯子上去替我拿。很超現實。男客人要的色情錄影帶在布簾後方，他去拿了再搖搖晃晃走回來。該怎麼說呢，那種氣氛足以匹敵觀賞大衛．林區描寫的紅布簾。

日前，我有點事情順道去椎名町，那間店果然沒了，但整體上幾乎沒什麼改變令我很驚訝。我在超市前臨時停車去花店，大嬸們立刻圍著車子說「這種地方怎麼可以停車，快點移開」，差點掀起暴動的感覺，也沒怎麼改變。我在害怕的同時也鬆了一口氣。

每天走在那條從上流階級通往庶民的路上，或者搭乘短程計程車時，我究竟期盼過著什麼樣的生活，為何卻又誤入人生的迷宮，這些我至今不明白。只記得自己當時很拚命。又用大富翁的比喻很抱歉，但總之為了創造自己獨一無二的人生，我無法跳格前進，大概只能逐一克服不如人意的事情吧。之所以無法坦然地直接面對，或許是因為我在一個奇特的家庭長大，太憧憬所謂的普通了。那拖了後腿，費了不少時間才能照自己的意思生活。畢竟我甚至每天都在吃普通的味道。

如今想想，我很想對從前的我說，放棄普通的人生，不管怎樣一個人住在喜歡的地方吧。不過結果是好的，那就好了。

多虧嘗過各種不如人意的滋味，也讓我深深了解，不該做的事最好不要好奇地涉入太深。

後來對普通人生的憧憬也沒有消失，和上班族認真交往過二次，但是最後對方的上班族身分總是成為瓶頸而導致分手。早點明白嘛！這樣也很對不起對方吧！

不過，我已經不會再重蹈覆轍。因為人生已過了折返點，也替各種成年人送過終，很清楚自己也已經沒時間了。每天都是蜜糖。光是活著就賺到了。我很高興今天的來臨，也很高興還能醒來。面對大多數人都覺得很可愛。對於不可愛的人，也能寬容地默默疏遠。就是那樣的年紀。

位於目白大道的下落合街角附近二樓的「B-girl」這家酒吧（現在已經不在了）我以前也幾乎天天去。有一次，我和當時任職角川書店的男友，因為我說「專業飯店人員好像比藝術家更尊貴」（我的意思是想用這樣的角度寫小說），於是和向來支持藝術家的他發生齟齬大吵一架，一起喝酒的男性友人喝醉了哇哇大哭著說：「你們別吵架，看到你倆吵架太難過了」，同樣喝醉酒的我也跟著哭了，男友只好牽著哇哇大哭的二人，像爸爸帶小孩一樣帶我們回家，這是很美好的回憶。

對了，還有一則佳話。

我每天走路，都會看到某間幽會賓館的招牌，從下落合這頭以箭頭的形式指向新目白大道的方向，有一天，我在原真澄先生位於早稻田的家附近喝酒，發現同樣指向目白方向的箭頭。

換言之，位於二地中間的那家賓館，從二個方向都豎立了箭頭型的電燈招牌。箭頭內寫著賓館名稱。我記得是北斗。

可惜我沒有和原先生一起去過那家賓館，而且今後應該也不可能去，但原先生歌頌男女相偕旅行，說要一起去沒有任何人的遠方的那首曲子中，有「北斗的箭頭」這句歌詞，每次聽見就會和歌曲的優美毫無關係地在腦海浮現那個廉價箭頭的燈光，以及當時那段濃厚的時光。

死胡同的回憶

デッドエンドの思い出

如今想想，我怎麼會在那麼誇張的地方租房子？那是獨門獨院，所以就安全方面而言，也令人不安。不過，後面會提到，我立刻察覺自己住的地方在安全防盜屬於頭等的等級。

死胡同的盡頭有棟大房子。

那條私人小路的一側有四棟建好出售的小房子，緊靠在一起。對面是破爛的雙層公寓。房東是後面的土木建設承包商，修繕做得很勤快，使得房子意外地牢靠，始終沒有拆掉重建。說不定也兼做建築工人的宿舍。

那棟公寓一樓的邊上有個歐巴桑總是坐在窗口看外面。擺在路旁的盆栽和那個歐巴桑總是以完全相等的感覺待在那裡。

一樓另一頭的角落，有個大叔總是在曬毛巾。就是那種新年時經常和月曆一起贈送，工地的人會圍在脖子上的那種白毛巾，每天一條，大叔連邊角都要對齊，曬得非常整齊。其他的衣物似乎都曬在屋裡，完全沒見過。

看著那二人平靜的生活，年輕的我彷彿學到了某種重要事物：絕對不能忘記「世上也有這樣的生存方式」。只能這樣活著的人們，以及在那種狀況下仍保有某種重要習慣過生活的人們。如果失去那個恐怕會崩潰。

這樣的人必然悄悄住在市井之間。

我是因為父親說「這一帶的感覺不錯」才決定住在那邊，但是有土木建設公司的人和各種工匠出入，生氣蓬勃的感覺和小巷弄的感覺，或許和父親的老家很像。

起初我心想「這裡到底有哪一點感覺不錯啊」。我租的是獨棟的新成屋，總之和隔壁毫無界線。是現代版的排屋。

隔壁的老爹每天喝得醉醺醺回來被老婆關在門外，叮咚叮咚叮咚不停按門鈴。我聽得一清二楚，別提有多吵了。

那種吵鬧我都閉著眼忍受了，可是我只要在家門前稍微停車，對方立刻會上門怒吼。

有一次，我大學時的恩師暫時把車停在家門前，那個老爹果然又上門找碴。

結果，我忙著道歉時，恩師竟然火速逃走了。雖然他說：「不是啦，我是覺得那種時候趕緊消滅導火線比較好！」而我當然無意怪他，本來也沒抱著期待，只是覺得「原來如此」。換作是我的話，今後恐怕永遠都不好意思在我面前露面，人在這種時候大概就會原形畢露吧。

對方是個非常審慎的好人，我到現在還是很喜歡他，但我狠狠給「恩師」這個名稱打了一個叉。這點必須清楚作出決斷。後來我也一直在仔細觀察，那位老師有他明確守護的東西，也很清楚決定了何者當為，何者不當為，那也是一種有操守的生活方式，因此我想有些事也不能單憑片面印象吧。

這件事，也促使我開始重新審視自己的生活方式。

換言之，就算是為了守護什麼，我也不希望變成某種人。

住在那裡，窗外總是可以看到那間破公寓。起初我還有點擔心，但是越住越開心。大概是有種房子和外面毫無區別的開放感吧。

那是老街還擁有最後的老街氛圍的時代。那一帶也屬於山手線的內側，所以隨著地價不斷上漲，如今氣氛已經面目全非。

有土木建設公司在此，所以隨時有車子進進出出，有個腦子雖然略糊塗，但總是穿著筆挺的夾克和皮鞋的老爺爺在指揮交通。不知那本就是他的職業，還是建設商以那種形式收留找不到工作的老爺爺這個遠親，抑或是老爺爺曾在工地從高處摔落才變成這樣，這點至今仍然成謎，總之連我家開車出來時，老爺爺都會替我指揮交通。

附近的人都了解這點，會對老爺爺說謝謝。正因如此老爺爺才能自豪地每天喊著「來來來」、「方向盤向右打」賣力工作。

那個聲音甚至取代鬧鐘，是個充滿活力的街角。建設公司的工頭和他弟弟都是強悍的大叔，只要一有什麼事就會立刻趕來。

傍晚小學生成群歸來，看到我家的狗跑來車庫就會出聲喊他，或是摸摸他，給他吃餅乾。他們也知道餵食太多不好，所以餅乾也只給一塊。但是狗很開心，猛搖尾巴跑下來。我看到或聽到時就會想「啊，某某小弟回來了，已經這麼晚了啊」的那種感覺也不錯。甚至會覺得，即使不生小孩也能常與小孩接觸，所以無所謂。

只要走路一分鐘就有傳統的肉店，肉店老闆總是送給我家的狗帶著一點肉的牛大腿骨。用那豪放的大骨頭熬煮湯頭，剩下的就給狗，所以堪稱相當奢華的附贈品。

往另一個方向走一分鐘就有個專門製作世界知名喇叭的年輕工匠，用大得難以想像的喇叭對著街上播放音色美妙的古典樂。據說他都是收到訂單後才開始製作，所以場地很小，甚至令人懷疑「啊？這就是世界頂級的工作坊？」他說「父母家就在後面，而且這裡待起來很舒服」，在那個小小的場所和美妙的音色一起幸福地窩著。

還有那條巷子的深處有個美代婆婆。

婆婆當時六十幾歲，所以仍然活力十足。她要打理植物，出租二樓的二個房間，靠著房租和老人年金過著獨立的單身生活。中庭相連的建築住著女兒夫婦，兩邊來來去去。

婆婆的孩子和孫子，曾經全體住在英語圈國家。那個女兒年輕時也去加拿大還是哪裡留學過，孫兒現在一個和美國人結婚住在橫須賀，還有一個是雷鬼樂ＤＪ據說住在牙買加，想必一家人都有前衛的氣質。而且不只是自家人就連那個地區的所有人都愛婆婆。

婆婆經常對那個總是看著街上的歐巴桑說「有妳這樣看著，所以我很安心喔，謝謝妳」，因此歐巴桑才能夠繼續保有自己也對人有所幫助的自尊心。

婆婆也對指揮交通的老爺爺說「你每次都服裝整齊真了不起，托你的福才讓這麼狹窄的巷子沒有發生車禍」。

如今的時代已經無法奢望那種狀況，但以前整條街想必就是這樣自然而然地庇護這種「說不定會變成問題人物的人」。大家表現出這種人也有任務並不孤單的態度，讓社會可以保持正常運作。

有段時期，因為孫子的關係，來自美國南方屬於道地非裔美國人的S租過婆婆的房子。我在婆婆家吃點心時，婆婆會直呼其名喊S：「啊，S回來了，S你也過來坐，芭娜娜來囉。」於是一個體型巨大膚色黝黑看起來很正經的青年就走進婆婆超迷你的客廳。把巨大的身體縮得小小地吃點心喝茶。

我暗想，真厲害，真正的自由大概就是指這種情形吧。毫無歧視，互相幫助，因此沒有任何危險。身邊就有很多認識的人，和感覺不太喜歡的人自然會變成點頭之交，如果彼此投契就會這樣聚集在小客廳。

後來我搬走了，變成一年只回去看婆婆一次，但緣分仍在繼續。

活到百歲高齡的婆婆住進安養院已經忘了我是誰，但她意識還清醒時直到最後的最後，還在反覆對我兒子說：「要自由地活著，現在這個時代就算找到工作也不代表將來就能高枕無憂。還不如專心做自己喜歡的事，學一門在哪都能生存的技術比較好。」

她也對我說：「做過各種事情，去過各種國家，到頭來最大的幸福，就是能夠做理所當然的事。想吃好吃的，就能靠自己的雙腳走去吃，去洗澡，洗衣服，去唱卡拉OK，能夠這樣尋常地過著每一天，才是人生最重要的事。到了我這個年紀，昨天還能做的事會逐一做不到。到那時候，真的會明白，只要不忘記這點，基本上一般的問題都能克服。」

我想，啊！在她日漸模糊的記憶徹底消失前，自認為不能不說的話已經認真表達出來了。我心懷感激並且確實接收的責任重大。

如今婆婆幾乎已毫無意識整天躺著，不過前年去看她時，她還能起床換衣服坐在輪椅上吃飯。她住的前一家老人安養院很黑心，總是被安眠藥弄得昏昏沉沉，也不准穿私人服裝，整天躺著。她女兒看不下去就給她換了一家，整個人這才活過來。她對我說：「妳怎麼會對我這麼好？我好像見過妳。小姐，我很喜歡妳喔。」就是因為我有過那段「最後的老街」生活，才能夠這樣接收到一個人認真活過的證據。如今我深深感慨，那時候，沒有因為手上有點小錢就憧憬住高級住宅或複合式大樓真是太好了。

哈囉下北澤

もしもし下北沢

不只是戀愛，任何過了黃金期的關係都很麻煩。

究竟該趁早離去，還是該繼續等待時機成熟，抑或等待對方自動放棄自己的那一天來臨？

人往往以為，如果連房子都買了，還辦了貸款，就再也逃不掉了。

但是實際上完全沒那回事。

只要把那人奇妙的執念全都痛快地配合當下清除掉，無論何時何地人都可以徹底改頭換面重新開始人生（這段文字多少有點像King Gnu的〈白日〉歌詞，但我想不出別的說法）。只靠脖子一層皮連接的無可救藥的現在，其實活不活著都無所謂（還是很像〈白日〉，但這裡就當作不算引用吧）。

對於黃金期的眷戀，想將身邊整理乾淨的欲望，過去投注在那上面的時間或心力或金錢……妨礙生存自由的最大瓶頸就是當事人自己的這種感情。執念只會繼續扼殺自由。

只要明白了這點，之後最好就是冷眼旁觀時機逐漸成熟一邊悠哉地喝喝茶。事態會自主發展。是要抗拒，還是趁勢踏上冒險的旅程，只有自己能夠決定。

而我想必會去吧，去嶄新的世界。

和下北澤最蜜裡調油的時期，就是街上還勉強留有一些個人商店的時候。家裡有小孩無法走太遠，那段時期也堪稱我最常徒步上街的時候。蔬果店、米店、肉店都在商店街內。當然也有超市，不過那種小店仍然健在。而且每當我帶著孩子，那些商店的人必然會親切地主動和我們說話。只要去過三次就會被記住。他們會對我說，今天要買這個？這個的評價很好喔，剛才某某太太也買了……。當然也會算我便宜點，但我並不是為了那個才去光顧。那種對話，是生活中的標點符號。

我父親也常這麼說，因此這應該不只是我個人的想法，日本的微血管就是中小企業及個人商店。他們從底層支撐經濟，支撐城市，總是讓事物走向定型與支配的某種東西，朝意外的方向移動而導致進化。

那個的瓦解當然也有時代潮流的影響，但我認為應該是從小泉這個人執政的時代開始的。

從那時起，包含外部壓力在內，日本的中小企業和個人商店就漸漸消失了。如今再加上疫情的問題，已經慘澹地跌到谷底。那有多麼可怕簡直超乎想像。就像是在等待城市的心跳停止。

不過，人類這種生物意外像雜草一樣強韌，生命的躍動向偏遠縣市擴散後，勉強還存活著。

東京的房租貴得離譜，這年頭如果沒有企業的資金，連店都開不成，或許正因如此時代才會走向偏遠縣市。

可以說只剩那裡還有可能性。

我曾經熱愛的東京將來不管有沒有遷移首都，總之都會變得像一片焦土吧。當那裡又重新建設起什麼時，不知我還活著嗎？我很想親眼見識。不過，或許很難吧。如今就是那種心情。很沒意思。

即便在我與下北澤的蜜月期間，我也早已隱約明白。我明白自己正夢想著有孩子的時代。我知道等這個夢醒之後，想必可以緩緩看清城區真正的面貌。

插畫家大野舞就住在從我家下坡走路只需一分鐘的地方，我出去吃晚餐時總是和拎著超市購物袋的小舞錯身而過。至於經營那家傳奇名店「One Love Books」個性古怪的小哈，只要走出家門天天都會見到他。每次順道去他那裡，他總會請我喝美味的印度奶茶。

我早就知道那樣的日子恐怕不長久。因為大家的年齡都還算年輕，今後肯定會有變化。

彷彿要趕走這悲哀的預感，我在跳蚤市場賣東西，舉辦簽名會，帶著幼兒去所有的酒館喝酒（當時無法獨自外出，所以就抱著孩子去喝酒）。那段日子彷彿在作夢。想到那一切都是來自幼兒擁有的深不可測的力量，我就覺得人類真厲害。

明明那麼小卻散發著足以改變全人類觀念的能量。

借助孩子的力量，我得以在那個城區做盡各種事，那段回憶至今仍支撐我的心靈自由。

浪濤緩緩湧來。起初是肉店和米店消失，接著是個人經營的正規酒吧、咖啡屋及餐飲店緩緩減少。車站後面仍保有戰後氛圍長得很像臨時組合屋的店家也相繼拆除。那種小巷子如果從上方俯瞰會很驚訝它的破爛程度，給人的感覺就是萬一失火肯定全部完蛋，所以我也知道拆除是難免的，可我很喜歡穿過那巷弄時獨特的節慶感，所以還是有點難過。不知怎的在半路上的印度餐館前有一台做棉花糖的懷舊機器，我經常和孩子一起玩。我好喜歡砂糖在機器裡散落的聲音。有的店只賣貝類，有的店只賣乾貨，還有一間關東煮如果黎明時去光顧，味道好像變得有點酸。如今想來一切都彷彿是帶著昭和氣息的夢中情境。

早在疫情肆虐前，討厭的計劃就已開始。到處都有人叫苦，說這樣經營不下去。

位於車站附近的「小山歡唱酒廊」這家炒麵超好吃的店也消失了。

另一家有名的關東煮也沒了。店內總是擠滿圈內人，很有昭和初期的氛圍，老太太和兒子總是吵個沒完，洋溢著老太太親手烹調的氣氛，可是定睛一看老太太其實是從冰箱取出整袋業務用的高麗菜捲，撲通撲通扔進關東煮的大鍋，讓人忍不住暗自吐槽，搞什麼，這間店難道是舞台布景嗎！

知名的風物情景就這樣改變，不斷冒出擠滿光鮮亮麗連鎖店的漂亮建築。另外，也出現很多又貴又難吃的店和便宜卻很不衛生的年輕人的店。

「One Love Books」關門撤離時，有很多人隨興地來幫忙。我親眼看見無數人輪番出現的每一瞬間。而店主小哈也在忙著搬家之際還兼差當我的司機，和我一起去巴而可劇場看小泉今日子與古田新太主演的舞台劇。去後台探班時，我說「小哈馬上要搬走囉」，小哈斷然表示，「唉，簡直是被趕出都市」，小泉今日子驚呼「天啊」。那聲「天啊」的溫柔語調，我想我肯定永難忘懷。

懷抱著滿心惆悵，我和小哈去吃拉麵。我忘不了那碗拉麵的滋味。那是小哈的下北澤生涯告一段落的最後一夜。

車站大樓的餐飲街，以及Bonus track這個時尚的空間，都比不上那些繁雜的個人商店。反而令人死心。因為這大概就是次世代想要的城市。甚至無法產生憶當年的心態。只覺得這大概就是時代的潮流。

如今也有奇特的店家悄然生存。靠著支持者的力量苟延殘喘。是的，奇特事物的趣味只存於個人的世界。「這世上居然有這種東西？」的世界總是從個人的大腦誕生。

如今店雖然已經收掉了，但那家當初位於新宿的卡拉ＯＫ酒吧有一對雙胞胎婆婆，二人都很有錢，卻在那裡開店，除了乾貨以外的燉菜或燒烤之類的下酒小菜，分量簡直異樣。途中還會過來走唱表演那卡西。雙胞胎婆婆以完美的二重奏像機器般演唱花生姐妹的歌曲。最後店裡打工的小姐過世了，兩姊妹據說遷居紐約。這種事如果寫成小說，就算村上龍老師寫出來（他很可能會寫！）恐怕也無人相信是真實故事。

比小說更離奇的，展開小宇宙的，永遠是個人商店。

漸漸失去生機的下北澤街道，也有少許倖存的店家。從那條宛如黑市的站後巷子出來，據說發跡於吉祥寺的知名串烤店也搬進了車站大樓，觀光客蜂擁而至。

那家串烤店的分店就在附近的PURE ROAD（那可是隈研吾大師設計的建築），疫情自肅期間結束後我曾去看過。一個顯然是外國人的人和一個看似日本人的人聯手經營。仔細一看，看似日本人的是新手，一概由看似店長的外國人負責解說。

「有烤雞嗎？」

「已經沒了。」

「有小黃瓜嗎？」

「是一整條沒關係嗎？二個人吃？」（點了之後才知道。是整條小黃瓜，直著插上一根竹籤。的確難以分食）。

在那簡單的對話過程中我赫然發現。看似日本人的人，其實也不是日本人。

「你們是哪國人？」

我問。

「我們是尼泊爾人。」

他說。

真厲害，總店搬到車站上面後，留在這邊的店竟然是二個尼泊爾人經營！雖然有點搞不清狀況，但總之很猛，葡萄酒也一瓶八百圓限時特價。這種感覺是當我感到「好像有點吉祥寺的味道」時，我深切感到，啊啊，下北澤豈止是餘燼，根本就是烈火熊熊。

十八歲的老貓死後，終於解脫每天照顧病貓的日子，我記得我們夫婦曾經恍恍惚惚在某個星期天去過吉祥寺。

在有名的咖哩店吃了咖哩。

隔壁賣生活雜貨的商店一再過來提醒「排咖哩飯的隊伍請不要擋到我的店前」，我讓丈夫負責排隊，自己走進那間店內，被店主不悅地瞪視。

那天一整天，我都在神秘的雜貨店、有志向的書店、美味咖啡與咖哩的店、有頑固老闆的店、專賣中高齡服裝的傳統老店之間滿心懷舊地穿梭，同時也隱約感到，街區步向死亡時的初期症狀——那種緊繃的氣氛。吉祥寺也已經開始了，時間早晚的問題罷了。

在那多少令人感到索然無味的將來中，但願有好的解決之道。

在此生活卻未定居

暮らしているのに住んでない

起初，我們住在西伊豆土肥的「桃源鄉」這間小旅館。那家有個曬得黝黑的少年，經常在黑〇〇大賽拿冠軍。那是什麼比賽啊！這年頭絕對不可能有這種名稱吧。

那時我還沒上小學，只記得曾去參觀他光輝的優勝場面。站在舞台上雖然有點害羞卻也很驕傲的他，的確比任何人都黑。第一次和年紀相仿的男生一起洗澡，或許也是跟他。

我記得更小的時候，曾被父親不小心摔進那家旅館堆滿怪石看似手工打造的岩石浴池中，咕嘟咕嘟沉下去差點溺死，因此對那個岩石浴池沒什麼好印象。

不過，大家一起泡在大浴池很開心。

長大之後往往恨不得把溫泉吸進身體似的貪心地期待效果，可是小孩子邊玩邊泡不知不覺自然體會到功效。那樣好像對身體比較好。慾望真不是好東西。

有很多書、有樓頂空間、有岩石浴池，是一個彷彿七〇年代夢想的那種有點文青氣質的大叔經營的旅館。說是旅館，其實晚餐後他們一家人都在旅館的客廳尋常地看電視，因此或許該稱為民宿，或者說根本就是居民的家。

那家旅館消失後（有點嬉皮風範的老闆，和家人一起搬到信州那邊的山裡了），我記得有好幾年時間，父母都不知道該去哪裡過暑假。

之後我們在伊豆的各種地方住過，但要不就是母親不滿意旅館（不乾淨啦，或是太暗啦），要不就是海邊沒有沙灘是岩岸，或者我被日本鰻鯰的毒棘刺傷發燒，或者水太冷，總之有各式各樣的問題，結果直到我小學時，才在現在這家當時剛剛落成，還是嶄新的旅館安頓下來。

這家旅館最厲害的，就是之後一次也沒有整修或改建過，只靠換零件撐到現在，只要走進那個入口後就有一如回憶中的世界無垠展現。我總是目眩神迷。太懷念了。如今彷彿還會看到旅館上一代的老爺爺老奶奶出現。而我的父母彷彿也會穿著令人懷念的泳裝走下樓梯。

如今，我深深感到父親的了不起。

父親總是比任何人先奔向大海（所以才會一個人溺水）。那時，他會從旅館拿著給大家用的草蓆長時間步行去海灘占位置，自己掏錢租遮陽傘。很熱、很重，如今我們總是互相推卸那個任務。

他從來沒有一句怨言，雖然偶爾有年輕人幫忙占地方做準備，但跟來的編輯們還宿醉未醒躺在床上，他也毫無意見（或許心裡可能有），將近四十年的時間，一直理所當然地替我們這麼做，我想我絕對辦不到。

一年只待一週，現在只待三天，五十年來一直前往同一個地方。看著同一個城市的變化。五十年，不覺得很厲害嗎？

那是非常不可思議的感覺。

我對於住了將近二十年的下北澤也有同樣的感覺，昔日的景色彷彿幽靈重疊在現在的景色上。

七〇年代最熱門最高級的今井莊這家旅館，也倒掉變成 7-11 了。如今那是從街上可以徒步抵達的唯一一家超商。

不過只有現在仍在飯店庭院的椰子樹沒變。每次從海中看到那些椰子樹，就會不期然想起，以前曾在那個地方吃午餐，聽著夏威夷音樂在泳池游泳。

我的家人習慣在那裡喝數量驚人的啤酒，在海灘稍作休息後，稍微游個幾圈再回旅館。

在我們每次光顧的海灘小店，也是拚命喝生啤酒。

因為很清楚喝了酒不能游泳，所以只是租椅子盡情睡午覺。還有曬太陽。泡溫泉泡到身體幾乎火辣辣的刺痛。那樣，也是不錯的感覺。

現在已經連出租小船、遮陽傘和椅子的店也沒了。沒落了。

也曾流行去港口上面開的定食屋吃醬油生醃鮪魚蓋飯。那或許是不太愛吃魚的父親一輩子最愛的定食。我們全家人和周遭眾人全體走路十分鐘去那裡的感覺也很猛。二十人左右的團體就這麼身穿泳裝，隨便披個外套，穿著夾腳拖鞋，浩浩蕩蕩走上山崖似的地方。

那是觀光事業剛開始的時代，是煙火大會和遊覽船出現的時代，是泡沫經濟導致四處擠滿人潮的時代。我們穿越那一切，去了現在已經啥都沒有的土肥。每次總是被那種空無一物嚇到。賣東西的商店全都關門了。以前去二家土產店看昭和時代的商品還滿好玩的，可惜已經不營業了。只有新出現的大型超市 Maxvalu 可逛。甚至是青木這家稍微高級一點的大超市都倒閉了。

就連有段時間住在老式民居搞電影節的《海的蓋子》副導演（他似乎很中意土肥）都搬走了。他待在此地的那幾年，我們常在他家吃刨冰或咖哩飯和樂融融。

土肥的人對城市振興運動沒什麼興趣，因此不管搞什麼企劃都沒有太大的反應。只是緩緩沒落。八成今後也就這樣，只能以夏天觀光客來臨也不會上街，只是待在旅館的形式存續吧。

最近新開的出色麵包店附設在非常昂貴的旅館內，可愛的店長說：「我就是看了吉本小姐的作品《海的蓋子》才搬來這裡。」我頓感責任重大！不過，渴求麵包與咖啡的我們，只是搜刮大量的麵包，吃義式冰淇淋，喝咖啡。

我們不再前往的時刻，已經近在眼前了。
我們已到了會互相說著「不知還能去多久，明年不知還能不能來」這種話的年紀。
但心中無論何時，都有那片山與海。
若說是第二故鄉當然很好聽，實際上就只是懶懶散散地每年往返，卻不知怎地讓完全不愛戶外運動的我，稍微認識了一點海洋世界，就是那樣可愛的場所。甚至也讓我領悟了鄉下城市的超級傳統與保守。
至今我都沒想過要搬到鄉下，也是因為有過那種種體驗。聽過很多故事，遇過各種人。有好人，也有奇妙的人。也有在山中經營考究的餐廳與咖啡屋，曾任辛巴威大使的一對賢伉儷。

當時街上唯一一家咖啡屋是披頭四的狂熱樂迷經營的，店內總是播放披頭四的音樂，擺滿披頭四的周邊商品。打從六〇年代一直如此。總是去那裡喝茶的我，無論披頭四再怎麼冷門的歌曲都知道。而且每次聽見披頭四的歌就會無條件想起土肥那條主要幹道的四個街角。無論在多麼優雅的場所聽見，都會無法控制地想起。

還有我與家人長年光顧的「清乃」這間店的炒麵，至今仍是我人生中的最佳炒麵。醬汁是粉末狀，有高麗菜和豬五花肉。老闆的烹調手藝很好。烤雞肉串也品質頗佳。雖然壓低材料成本卻能靠著廚藝做出好吃的食物，是正統的居酒屋。那大概就是讓人天天都能去的味道。

老闆娘清乃是個溫柔開朗的好人。該店關門後，清乃拿著炒麵來旅館看我們，臨走的時候朝我爸媽跪地深深一鞠躬幾乎頭頂貼地。我暗想絕不能忘了這份心意。他們倆都不是會對店員吆喝「喂，結帳」或「給我拿那個來」的那種人。

之後偶爾會去一對老夫婦開的居酒屋，材料總是不新鮮，老先生用顫抖生澀的動作烤雞肉串。我姊一吃雞肉丸子就大聲說「快壞了」，我忘不了自己當下就噓了一聲。不管吃什麼都微妙地有種快要壞掉的味道，只好叫香腸和荷包蛋之類保存期限較久的乾貨勉強混過去。

還有，也有一家餐館以前感覺非常親切，但不知怎的卻突然印象大壞（八成是景氣惡化之後），打電話訂位後只要稍微遲到幾分鐘就會被嚴重抱怨，忘了帶走東西請店家先代為保管，結果居然被扔到店外。

姊姊那個總是有點被大家嫌棄，還是騎摩托車趕來，專門拍泳裝照片的漫畫徒弟，後來也病倒，不幸過世了。他的遺體是我姊和朋友們發現的。他最後一次來海邊時，大家又去了別的餐館。我想到當時好像對他太冷淡，稍微反省了一下，他說生病不太能吃東西，但是想吃竹筴魚，於是我分了一半竹筴魚給他，還叫他多嚼幾下，他看似開心的神情也令我難以忘懷。

如今就連那種店都大半倒閉了，只剩下雖然瀰漫難以形容的油膩氛圍，但是大叔大嬸都很親切的攤販村，以及明明賣台灣料理，卻是中國人經營，而且動不動就傳來「叮」一聲的台灣料理店還開著。不過那是夜晚的樂趣，我們還是開心前往。有幾次也去超市採購回房間喝，但總覺得有點寒酸。離開店內看著星星一路走回旅館的時間很重要。

我們的歷史會以什麼形式，被那個城市那片海鐫刻下來呢？

父親溺水被救生員救起，附近診所無法處理，轉送到松崎的醫院時，母親凝視大海說：「如果死在這裡說不定倒是死得其所。」還有父親在醫院清醒時在父親耳邊大聲說：「老爸，你溺水囉，知道嗎？俗話說善泳者溺於水喔！」如今也都成了美好的回憶。

之後那陣子我每次去店裡，對方都會用我爸為例，說什麼「我家阿公死掉是那人溺水之前，還是之後來著」，我只能惶恐地縮得小小地聽著。

當時不像現在，各方面規定都很寬鬆，我們一家人租小船自己划到外海，以別的海灘（當時稱為岩場）為目的地，還登陸上岸。那種習俗，該怎麼說呢。照理說不可能吧。可是，我們卻視若尋常地做了。還買了炒麵和飲料，租了二艘小船。

那個海灘有多得驚人的海蟑螂，所以我總是很害怕。無法安心坐下。不過，生物遠比主要海岸更多，因此海中世界看起來也好玩多了。我看到各種魚類和海中的生物。有石頭魚、章魚、海螺、龍蝦、魷魚，甚至還有小鯊魚，應有盡有。有時還得用雙手划水趕走靠近身旁的腳很長很長的僧帽水母，拚命游泳逃離。寄居蟹的出現更是理所當然，還有龜爪藤壺和笠螺之類的，以及外表讓人很想說「你絕對是昆蟲吧」的石鱉（膝皿貝）。

有一次，我在那另一個海灘正戴著蛙鏡仔細觀察魚類，那裡已經離岸很遠，所以踩不到水底……我想水深應該有三米左右，海底突然出現人類的手。在沙子上出現手背。

我大吃一驚連忙抬起頭。

周遭空無一人。我媽正躺在岩石磊磊的海灘。

我又看了一次海底。手還在。我稍微潛下去。怎麼看都是手。有指甲。

我游到略遠處的姊姊那裡，說：「姊，那邊有人的手。」「真的？」姊姊颯爽地跟我到那個地點向下看。

「真的是手耶。」姊姊說，隨即說聲「我去看看」就潛入水中。姊姊可以不帶器具潛入五米深的水下。

她迅速潛到海底，一把抓住那隻手。太厲害了！我暗想。這樣的姊姊我要一輩子尊敬她！閃亮亮從海底浮上來的姊姊，手裡抓著一個非常逼真，直到手腕處的橡膠玩具。連指甲都做得栩栩如生。

「搞什麼，這麼嚇唬人的惡作劇！」我們笑著把那隻手隨手一扔，但我永難忘懷那一刻非日常的緊張刺激。

近年來，大家年紀都大了，游泳的距離縮短，海邊保全也越發嚴格（或許是從父親溺水之後？）禁止攀爬外海的防波堤（以前我們超愛爬上去在那裡悠哉曬太陽或是和魚玩），而且防波堤前面設了纜繩，以前會坐在那繩子上慢吞吞休息，可是現在連繩子也被禁止碰觸（說是因為上面有貝類很危險。超扯！），在繩子圈起的海域邊緣悠哉浮水或游泳如果超過一小時，救生員就會突然過來，說什麼「妳沒事吧？」，我說「當然沒事，我只是在做海水浴」，對方卻說出「女孩子曬太多太陽也不好」這種莫名其妙的話。

「以前我都是越過這道防波堤划船經過海浪變大的地方去那一頭的海灘」或者，「我都是從防波堤跳水，或是在對面那頭潛水」這種話，好像已經不能說了。

即便如此我也不太敢向對方抱怨，因為實際上父親溺水時的確是被對方救起。

我想，至少要小心避免父女兩代都溺水。

從海中伸出頭，在風平浪靜的海上只是懶洋洋慢吞吞地水母漂。

可以游到地久天長。二個小時一眨眼就過了。偶爾我會確認一下放在海灘的東西和同行的夥伴。兒子正橫越海灘，大概是要去買刨冰吧。然後我會仰望群山。蟬聲不絕，也聽見老鷹的叫聲。稍微擺脫重力，凝視世界之美。沒有任何人，能夠奪走這份持續五十年之久的幸福。

很遠的地方

とても遠いところ

米克諾斯島有一片同性戀專用的裸體海灘，從一般人用的海灘向右漸漸偏移後，很多東西都變得複雜。

簡而言之，在右邊的最深處，大家好像都躲在岩石後面辦事。之後再去游游泳，或在海灘休息，繼續搭訕獵豔。總覺得水好像很濁！

如果外表不夠漂亮，似乎沒資格去那片海灘，只見那裡全是典型的像模特兒一樣俊美的白人及亞洲男性徘徊。

帶小孩的亞洲胖女人如果出現在那裡，大概會嚴重地格格不入，感覺自己簡直不是人類。那種感覺也許和在社會受到禮遇的感覺相反，或者該說，是為那些人專設的樂園。

為了收集寫小說的資料，在孩子還小的那幾年，我常去米克諾斯島，就物理距離而言太遙遠，久而久之就再也去不了了。

如果能插翅而飛，我當然很想去，但現在不可能。即便沒有疫情也是。不過，我很慶幸這一生好歹去了那裡幾回。

因為那個地方讓我澈底明白，自己想怎樣活著，想在怎樣的氛圍中生活。

同行的情侶來自羅馬，平時過著忙碌得難以想像的生活，其實應該安靜地好好休息一下，可是這種有小孩的小型團體旅行，吃飯和活動都不可能隨心所欲，所以沒辦法。

兼之還有年齡問題。當時我們的年齡，正好要從大家熱熱鬧鬧打成一片，轉向以家庭為單位進行小旅行，偶爾再全體大集合一起吃晚餐的那種模式。

這種團體旅行（包括來自羅馬的情侶、來自西班牙的朋友、我的家人與工作人員）恐怕已經難以為繼了吧，最後我深深理解了這點，因此在那裡時，是抱著這可能是最後一次的念頭在旅行。

對那些「每次都去」的店，也覺得自己八成不會再來，在心中正式道別。

因此，最後一晚在我們每次住的中繼站米蘭的飯店酒吧也喝了相當多，隔天就這樣昏昏沉沉上飛機。否則我無法忍受那種難過。一個時代的結束終於來臨了。

每次在那家靠近機場的飯店，我們習慣飽餐一頓扎實的北義大利菜就此與南方以魚類為主的料理正式道別，也與一同旅行的好友在此道別，各自搭機返回日常生活。一旦意識到那是最後的最後，一切都看似哀愁又懷念。

我家小孩對即將回羅馬的旅伴說「為什麼在這裡就要說再見？我怎麼都沒聽說！」的那一幕，至今回想起來仍會心酸。

第一次去米克諾斯島時，在雅典轉機，飛機延誤了數小時，抵達時已是深夜十一點左右。

寬敞的飯店餐廳一片漆黑，我們在伸手不見五指的黑暗中吃飯。很睏，也很累，什麼都看不見，因此菜餚的味道也很模糊。被帶去的房間就在員工宿舍的隔壁，他們說話和喝酒的聲音整晚都很吵。

可是，到了早上有驚人的變化等著我們。

只要從沿著陡峭台階建造的各棟小屋走出一步，就是綿延直到遙遠的下方，看起來幾乎可以一路滾落的陡峭階梯，以及下方的蔚藍海水與雪白建築。愛琴海的風景和印象中分毫不差地在眼前展開。雪白的世界反射的光線美得幾乎不似人間。

光是在這裡呼吸就很幸福！空氣是甜的！

就是那種感覺的情景。令我感知愛琴海的力量。

在那家飯店風超強的私人海灘和冰冷海水的世界，只有年幼的孩子嘰嘰喳喳，甚至足以相信這世間是個好地方。

在米克諾斯由於陽光太烈，因此白天無法行動。只能待在海灘或游泳池。

這點，後來我們住過幾次的「Little Rochari」這家小飯店也一樣。

飯店有堆積如山的希臘優格，任人盡情享用的素樸早餐，以及小游泳池。走出利用段差精心建造的房間，必然可以在其他房間的陽台發現某個旅伴的安心感。

那裡離海灘還有點距離，所以我們坐車行動，在冰涼的海中游泳到中午，在海灘旁可以穿泳裝進入的熱鬧餐廳，吃菜色有沙拉和章魚之類的午餐（同樣也是雖然簡單卻美味得匪夷所思），搭配如果在別處喝八成會覺得難喝的廉價白葡萄酒（可是在天氣炎熱，吃的又都是魚類的那裡，卻是絕佳風味），稍事休息後回到飯店的游泳池。

游幾圈沖去鹽水，回房間淋浴，小睡片刻或看看書。到了傍晚就去港邊找個酒吧看夕陽沉入大海。在那裡喝一杯餐前酒。接著去街上的餐廳，慢條斯理吃大尾烤魚（多半是鯛魚）的晚餐。回程順道去附近的酒吧，或者回飯店的酒吧喝餐後酒。然後混到很晚才睡，早上很晚才起。
就是過著那樣的生活。
真的如在夢中。不管在哪拍照光線都超好，所以能夠拍出非常棒的照片。
如果是玩心仍旺盛的人八成會去夜店，但我們整天曬太陽又帶著小孩還很睏，況且已經年紀老大，所以夜遊到此為止，不過我想，這正是「甜蜜生活」吧。
在車子開不進去的米克諾斯街上，小巷如迷宮錯綜複雜。而且擠滿許多小店。多半賣的是無用的東西。賣漂亮的戒指、首飾和串珠、土產紀念品的各種商店，以及店裡的男人不斷用水管澆水，為了讓海綿保持濕潤，只有海綿堆積如山的店。其中偶爾會夾雜一間很迷你卻很美味的餐廳。那些餐廳每一家都在用炭火香噴噴地烤魚。也可以自己從堆滿冰塊的抽屜挑選鮮魚，再請店家燒烤。

現在這樣寫著都懷念得幾乎落淚，那個只為享樂的城市是多麼美好啊。

工作者和居住者或許無暇顧及那些，但對於偶爾來玩的人卻是只能用樂園來形容的場所。

在米克諾斯，不知有多少居民從事觀光業以外的工作？我不大清楚，但基本上店裡的人全都很勤快。看著店員用令人痛快叫好的矯健動作，單手拿著好幾個盤子四處走動的俐落身影，連我們這些旁觀者看了都會精神一振。在海灘睡午覺，回飯店……今天同樣又是夜晚的開始，去港邊面西的酒吧觀賞一天的結束。這種幸福的心情，這種安心感啊。

說是自由業當然很好聽，但我這份工作毫無保障。而且看似自由，但只要身在社會就有種種束縛，所以每天其實相當不自由。

我無法每天在固定時間去固定場所肯定有某種身心障礙（親戚之中有很多發展障礙的人。我無疑也是其中之一），再不然就是以前不甘不願上學留下的心理陰影。我這一生就連學習才藝都無法持續太久。既然毫無保障看不見明天也不屬於任何團體，至少我想過著比較像在旅行的生活。

放假的日子，我想盡可能像在米克諾斯那樣度過。

早上起床，悠哉地吃點簡單的早餐，下坡去每次光顧的那家店吃義式冰淇淋，喝著茶無所事事地消磨時光，出門散步，游游泳看看書，傍晚看夕陽西沉，夜晚去熟悉的店。

有知名的鵜鶘的店，也有可以從抽屜挑選鮮魚請店家燒烤的店。我輪流去那二家，每天毫不厭倦，前菜必然吃塔查吉基（優格黃瓜醬，包括優格、大蒜、鹽巴、小黃瓜泥和油）以及海膽淋橄欖油與檸檬汁。

那種感覺就好。儘管那並不高級，座位也是吵吵鬧鬧的露天席。一路瀏覽高級店面，最後想去的還是便宜又可愛五彩繽紛的串珠項鍊店，以及用海岸撿拾的石頭鑲嵌在銀子上的首飾店。

人生太多艱難。

所以，假期就好好休息吧，讓大腦和心靈都休息，適當地活動身體，然後大睡一覺吧。

我以前每每覺得，那應該做不到吧？但在米克諾斯得以體驗到完美的假期，所以我開始覺得一定做得到。

一旦親身體驗後，身體就會記住那是可能實現的。

想活得健康，不只是因為怕死，也不只是因為討厭生病。

那樣的事，有生之年能做到幾日？

為了好好休息，必須好好工作，好好遊玩。

不用花大錢，但也不是免費。所以要工作，然後休息。

我知道，那就是真實，因為有目標，我現在才能繼續書寫。

而且我以前就明白，現在也痛澈心扉地明白一件事。
說不定哪天我又會去米克諾斯島。
或者，會像那最後一次的旅伴大野舞，站在堤防上說要用父母新婚旅行同樣的角度拍照一樣，等我的孩子長大後代替我和他的戀人或妻小一起去。
或者我會趁著赴歐旅遊順道一訪。如果旅伴們的時間配合得上，再次聚集想必也不是不可能。因為誰也不知道人生會發生什麼。
不過，牽著幼小的孩子，抱著他。睡在一張床上，一起洗澡。那些已不復重來。我知道，打從那當下，就知道將來想必會萬分懷念。曾經如同一個巢中的鳥兒總是分享溫暖的那個幼小生物啊。
已成歐巴桑的我，在那個可以看夕陽的酒吧，望著閃現橙光的最後一抹暮光，將會怎樣回顧我的人生呢？

如今我所知道的，只有屆時我肯定不會後悔或者覺得人生悲慘。而且人生中最幸福的，比起寫小說立下什麼功績，絕對會說是撫養幼兒的時候吧。然而我已無怨無悔地投入過工作了。之後大概也會自己找點小小的樂子，盡量開心地活著。即使生病也盡可能拖延敷衍，找到生活樂趣，喝一點小酒，或許還能繼續寫作——想必就是這樣無法完全放棄地還在寫些什麼吧。

哪怕被人批評心態扭曲，或小家子氣，或缺乏生存能力，個性過於極端，當事人自己只是笨拙地努力活著，就是這樣一回事。

真正的地圖

ほんとうの地図

由於疫情肆虐，我的助手人數終於歸零。那也表示目前生活的家中再也沒有外人出入，對於不擅與人打交道的我而言，簡直美妙如夢。雖然也有點寂寞，但解放感絕對更大。

必須養育幼兒，也要工作，還得照顧父母，直到過世的那段期間，我雇用了五個兼職人員每天輪流來幫忙。想到當時是如何絞盡腦汁調整那些人的守備位置，連我自己都覺得虧我能忍受得了且付得起錢。錢有再多都不夠，所以工作變得更忙碌，陷入惡性循環。幸好早就決定只是短期如此，所以勉強還是熬了過來。

基本上在我成長的老家，人們進進出出本就異常頻繁，對此我的感想是「這已經是村子了，不是家」。

一天結束，到了該吃晚餐的時候，門鈴叮咚一響，有人來了，只好把飯菜挪到小桌邊上，請客人進來端茶招待。或者對於飯吃到一半就去玄關應門的父親深感抱歉地迅速用餐，如果對方可能聊很久的話，我們必須騰出空間。

不管是半裸，還是失戀哭得雙眼紅腫，家裡永遠有外人上門。

毫無隱私的生活真的很煎熬。

浴室前面就是客廳，因此客人如果坐太久，就算是深夜也不方便去洗澡。現在的我大概會索性去公共澡堂，但是當時身體不好、個性又陰鬱的我只是一心憎惡賴著不走的客人。對那人而言，或許只是一個月來一次，但這樣的人如果有三十個就變成天天如此。真的是天天。就算說我家沒有一天沒有外人也絕不為過。更過分的人還把小孩也帶來，自己開始和我父親聊天後，就把陌生的幼兒推給我們，叫我們看孩子。

後來父親推出《試行》這本雜誌時，更是有一大堆人來我家，要寫訂閱者的收件姓名，還要互相校讀，氣氛幾乎像是小型出版社。雖然我早已習慣，不再動不動就反感，但我還是很想不計代價換取在家自由度過，因此總是躲在自己的空間或樓頂。

青春期的我已經到了「想來家裡玩的人是這世上最頭痛的問題」的地步，可長大後的我已懂得權衡輕重，也覺得自己竟能習慣那樣的生活實在很厲害。

來家裡幫忙帶小孩的年輕小姐們都是個性快活的人也都愛小孩，最重要的是還有小不點這個壓箱王牌介於我們之間，因此就某種角度而言就像團體宿營一樣快樂。

但是關於幫傭的大嬸們，我還是切實感到，他們對於「我生活中最大的樂趣」，無論好壞都很有一點意見。

比方說太陽一下山我就開始喝酒，或者把華麗的衣服曝曬在太陽下，濃妝豔抹地一手抱著孩子出門，訂購數量驚人的水果……諸如此類。

明明我已經不在老家了，人生的喜悅被澆了冷水，那真的很討厭。

不過當然也不盡然都是那種討厭的事，來自巴西的幫傭動輒開口借錢，我一邊顧左右而言他，一邊和她製作蛋黃醬或巴西起司麵包，日本大嬸騎腳踏車給我家小孩特地送來生日蛋糕，打開一看蛋糕雖已被晃得歪七扭八，大家還是笑著分食，趕完稿子後小睡片刻的我耳邊傳來幫傭大嬸和小孩玩耍的聲音，這些都是美好回憶。

世間事物，必然有同等的好與壞，所以最後結果都一樣，重要的是現在的需求——我也深深學到，最好客觀地看清這一點。

幫傭都走光後，我首先處理的是「一直視而不見的那部分」的打掃工作。

幫傭之前也盡量視而不見，而我也對她們的視而不見盡量視而不見，因此已經擺爛到很誇張的狀態。搬來也才五年，就已經到了這種地步。而且這期間還是馬馬虎虎有在整理保養，日積月累真可怕。

似乎也和疾病有相同之處。

開始覺得好像不太妙時，就會從意外之處來襲。儘管自認為已經保養得不錯，沒想到水壩潰堤竟是從這裡開始！——就是類似這樣的感覺。如此一來只能老老實實改善，這點房子和人體也很像。所以打掃和整理應該是有意義的，而且房子整體反映這家人的健康這種說法我認為也是真的。

總之後來我自己把家裡整理完畢大概花了三個月。主要也是因為我把最花力氣的擦地板工作，和丈夫原本負責的晾衣服交換，把擦地板委託給丈夫。

好不容易做到「每天只要照例整理三十分鐘左右就能好歹像個

樣子」的地步，不過疫情蔓延期間無法外食開始自己煮晚餐，所以一天還是照樣得花上三個小時做家事。

雖然很想做個游牧民族，但以目前這種狀況也不可能。況且就算過著四處旅行的生活，也犯不著為此拋棄一切吧。我死心了。遲早有一天不管是以怎樣的形式，這樣的家族生活也必定會澈底結束，所以還是享受當下比較好。況且未來變成孤寡老人的我八成會吶喊「我才不想當什麼游牧民族咧～」。不過我肯定會比丈夫先死。搞不好會離婚（雖然不願想像），總之人生會發生什麼真的很難說。還是認真尋找現階段的最佳狀態就好。

況且就算住飯店過日子，我肯定也會自己重新打掃飯店或Airbnb的房間連玻璃杯都要重洗一遍，所以「什麼都不用做的幻

（ほぼ自伝）

想」，就和「睡房車的幻想」一樣，只不過是個美夢。

我絕非跪地擦地禮讚派，也不是斷捨離信徒（但我很喜歡近藤麻里惠[×]小姐），因此清潔工作做得馬馬虎虎。不過，那樣天天打掃家中每個角落，自然就會看見。

——這裡總是會累積灰塵。好像形成漩渦呢。

——排水溝只有右側會沾附垃圾呢。

——洗完盤子擦乾時，鋪上這種厚度的毛巾，很舒服呢。

——如果只把每次用的杯子放在前面，就會只用同樣的東西。偶爾也換一下吧。

× 近藤麻理惠：知名的日本專業整理師，為許多家庭進行斷捨離。

這樣體會到心中與眼前所見合為一體的感覺時，我覺得好像和什麼挺像的。

那是我小時候見過的世界。

我住到十五歲左右的千駄木是個步調悠緩的地方，小時候我每天都和隔壁的陽子一起在路邊玩。

現在，如果去千駄木，我能看到的只有馬路車流人潮及商店。可是當時在我心中的地圖，是不同的東西構成的。

野草糾結成團，隨著四季更迭變貌，神秘的塗鴉，柏油路的裂縫，總是開出漂亮花朵的場所，會結果子的樹，有昆蟲的地方。

那個世界無限遼闊。基本上首先是我家附近的世界，還有根津神社的世界，大觀音這間寺院的公園世界、須藤公園世界、谷中銀座世界、西日暮里世界、谷中墓地世界。

每天只要選一個去探險即可，所以簡直忙壞了。每個場所都有事情可做，遇見當地（其實沒那麼遠，但只不過區域不同，就會有種「當地」感）的朋友，順路去朋友家玩，喝果汁、吃零食，世界如此無限大，可是指路的記號永遠是一些小東西。純粹只是因為自己很小。

街頭充滿小小的咒術，還有無法訴諸言詞的法則。

只要環繞那個就有充實的一天，下雨的話待在家裡就好，當時歲月靜好，因此我們會自行使用那一帶的住家水龍頭洗手，穿過連結道路和道路的民宅院子（叔叔阿姨很喜歡小孩經過，總是笑容滿面地從屋內對我們揮手），在空地用一個氣球就可以玩好幾個小時的排球遊戲，或者爬上石牆吃野草莓，和總是待在院子的那些狗玩，總之我們是路上達人。

從打掃家中這個微觀的角度看，會感到那樣的地圖再次在自己體內形成。

那種感覺，就像是房子變成自己的一部分。

總是在同樣的地方同樣地弄髒，同樣地做清潔。那也是住在這裡的一家人與動物乃至空氣氣流的習慣。

陽台的排水溝會以什麼樣的頻率堆積落葉和塵土，洗好的衣服要多久才會乾，要怎麼晾曬才會感到布料的舒爽。

只要明白這些，家的地圖就會變得截然不同。人原本或許就是這樣與世界打交道吧？認為一直待在同一個地方是貧窮的想法，或許只是成年人扭曲地鑽牛角尖？

總之光是圍繞身邊的事物就已經有太多太多的資訊量。甚至無暇上網。

那裡自然有一個宇宙。

小時候的某一天，我和陽子邊玩邊走。I文館後面有一個連結空地與私人道路的奇妙場所，雖然寫著是私人道路，但我們照樣走進去摘花玩耍，忽然陽光變暗，背上發冷。我抬頭一看，陽子也說「剛剛好像有種怪怪的感覺」。

周遭空無一人，生物活動的氣息也完全消失。平時那裡明明不是那樣的。I文館的學生都走這裡抄近路，所以這條小路幾乎時時刻刻都有人。可是，忽然人都消失了。

於是我看到世界怪異地扭曲。我倆的聲音也異常沉悶聽起來好像不一樣。

「好奇怪喔，走吧。」陽子說，我們沿著小路快步跑向大馬路。彷彿徹底鑽進奇怪的圓頂建築，只覺毛骨悚然。

最後我們嚇得死命奔跑，一路奔馳到本鄉大街。

那一刻，彷彿有什麼咒縛解除，世界又恢復原狀。可以正常呼吸，聲音也恢復正常了。車輛穿梭，人們經過。

「已經沒事了！」陽子這麼說時，我正好也有那種感覺。

那究竟是怎麼回事？是誤入異次元嗎？我們認真討論，同時也嚇得不敢再走小巷，沿著本鄉大街一直走，經過白山才回到家。

至今我仍不知那是怎麼回事，但我倆的確同時以同樣的心情體驗到那種空氣。那種彷彿空氣本身不斷朝我們推來的壓迫感。

後來，陽子被捲入非常不幸的悲劇，失去重要的人，守靈那晚我去了。上香時，家屬那一排的人都是我小時候像自家人一樣愛我，而我也很愛他們的人。有叔叔、阿姨、弟弟們。大家貫徹老街生活，像美國原住民一族有著深邃好看的容貌。

我忍住想喊一聲陽子擁抱她的衝動，哭著低頭行禮。

神色恍惚的陽子發現我，與我四目相對。

之後，陽子他們沒有從火化場來到淨身場，只聽到他們大聲哭泣，我想不出該用什麼言詞安慰，所以也沒交談就走了。

我們都沒變。打從合力脫離那個異次元起，絲毫未變。

她墜落的悲傷異次元空間，我已無法陪她同行。成長是一件令人惆悵的事。彼此各有人生，不同的痛楚。然而，我總認為，我們仍在心中手牽手直到脫離異次元為止。

成孔先生與那扇窗

成孔さんとあの窓と

三十幾歲在上馬住的那間公寓，我在散文提過好幾次，《想想下北澤》這本書中也以番外篇的感覺大量出現，因此內容或有重複，但我再次想起，還是決定寫一點沒寫過的事。

因為那是重要的場所，如果略過那個被逼得走投無路最後抵達的房子，甚至無法談論我這一生。堪稱是我宿命的住處。

住在被靈能者江原啟之先生批評「嗯……那裡啊，或許不是什麼好地方。那一帶是個大家都會變得易怒的場所喔。所以請妳隨時都要擺上鮮花」的地方，就某種角度而言，或許比凶宅更猛吧。

不過，如今搬離了那裡，再回頭看，偶爾，把那屋子的窗戶全部敞開時吹入的五月薰風，曾有段短暫時期嬰兒和貓咪們一起睡在嬰兒床的美好情景，每天去的咖啡店深度烘焙的咖啡味和老闆的笑容，一路走到駒澤公園把狗和自己都累壞了，又走回來的路程……這些都令我無比懷念。

狗臨死前，那段只有鼾聲響起的靜謐美好時光，最後一次散步時狗走到一半實在走不動了，露出「對不起，馬麻。我實在走不動了。也不知怎麼搞的」的神情，於是我抱緊牠哭了，雖然那個地點距離家門僅有十公尺。還有狗死後，不是一如往常走過大門去散步，而是變成遺體被殯葬業者抱出去的那個令人難以接受的瞬間。

把剛出生的孩子夾在中間，三人與四隻動物擠在一起睡的床（那張超大尺寸的床竟是房東給我們的），以及飼養在家中緩緩遊走的巨大陸龜。還有陸龜在蔬果室前動也不動等待萵苣和青江菜出現的可愛身影。

在那裡養的最後一隻貓死掉時，我早已搬到下北澤，請人在原先住的那棟公寓附近的寺廟火葬，等候貓咪化為骨灰的期間，我去看了以前住的地方。

那棟公寓已了無痕跡。我想一定是房東住進安養院或者過世了。畢竟我們同住時房東就已八十幾歲了。

那個地方、那個地板、那扇門，都已在這世上澈底消失了。這麼一想忽然暗自心驚。有種失去故鄉之感。

突然搬去那棟公寓，是在我決心與會發酒瘋的男友分手時。

當他做的曲子，和別人的曲子勞力士（菊地成孔先生在廣播節目製作的單元。意思是在靈魂層面一模一樣的贗品）時，我認為已經不能再在一起了。如果是和我在一起才變成那樣，那更應該分手。當然如今他已和當時認識的人結婚，有了孩子，專注提升自己音樂風格的境界，因此我當時的決定是正確的。

是的，當時，他身邊似乎隱約已有下一個好伴侶了。這種事總是可以憑直覺發現。那和我的人生總是有原真澄先生或森博嗣先生或者丸尾孝俊大哥這些就正面意義而言的柏拉圖式好伴侶不同，是有質感很真實的意中人。

因此，我突然打包最低限度的行李，一鼓作氣地搬家了。搬到朋友的住處附近。

找房子的期間，一直心痛欲碎。如果停止做這種事，如果睜一隻眼閉一隻眼假裝不知情，明明可以繼續我們的快樂生活。我們甚至連一起住的房子都買了。每個人都說：「既然買了房子，就該定下心來了。」我也曾經這樣下定決心。然而，終究還是沒辦法。他的外宿也越來越頻繁。

當時我去找這本散文集前面有提到的死去的靈異顧問好友商量。只有她告誡我——妳該搬走了。現在別無選擇。不管任何人說什麼妳都該搬走。之後自然會有辦法。這樣最好。

然後我就找到了朋友住處附近的那間房子。

養什麼動物都行，再怎麼吵也沒關係，在樓頂烤肉也可以。房東奶奶這麼說。她不是日本人。寬宏大度，善良體貼，凜然果決，而且踏實堅定。

吧台環繞客廳，就像開店的。

「就住這裡。」我說。房子不新，也不漂亮，不安靜也不是非常寬敞。附近就有垃圾車集合的地點。可是，能夠接納我千瘡百孔的這顆心的只有那個地方。

和他的分手是地獄。因為並不是討厭他才分手。

之後沒過多久，一個極度喜歡我的小弟弟就搬進來開始和我同居，那個「前任與現任之間的空窗期」太短導致我被周遭罵得滿頭包。可是，我的心始終是「半路上」的感覺。因為並不希望真的變成那樣，所以我一直沒告訴任何人，但我其實打從一開始就已預見分手。

能夠共同生活是因為他還年輕，老家在遠方且身為家中長子的他遲早應該會以某種形式回去，雖然難過但我早已明白這點。

正因如此我們過得非常快樂。不負責任，年輕，幾乎天天和住在附近的閨蜜去喝酒。天亮才睡，過午才起，然後就拚命工作，和他一起出門，又和閨蜜去喝酒。我心中只盼那樣的歲月若能天長地久該多好。

然而，五年後我又突然和另一個算是個性正經，不會出去喝酒的人結婚了（雖然並未辦理戶籍登記）。連我自己都覺得厲害。

沿著公寓前面那條路一直往自由之丘的方向前進，成為我丈夫的人當時住的房子就在同一條路旁。那是我當時決定搬家的直覺嗎？

認識丈夫時，我正被迫作出決斷，是否要以某種形式（比方說讓他入贅，或是雇用他）扛起當時同居的小弟弟老家那陣子的窮困問題。想必自己早已知道應該做不到。可是，和他在一起既輕鬆又愉快，也不想面對現實，因此我盡可能拖延去面對。

只有他妹妹在電話裡哭著說，那樣子不好。她說，自家的金錢問題不該讓吉本小姐解決，那樣是不對的。那也打動了我。

我父母完全不管我。連父親都說，妳壓根沒想過要和他結婚吧。我姊和母親雖然和他感情很好，但他們都說這是兩回事。

最主要還是我自己不想那樣做。他們一家人雖然都是大好人，但那是站在關係疏遠不用負責任的狀況才能這麼說，況且年輕的他完全沒想過孩子的問題，可我卻在考慮生個孩子也不錯。但我知道，生下他的孩子，替他的家人還債，稱呼他的父母（我當時很喜歡他們，現在也一樣喜歡）為公婆，這樣的生活我恐怕做不到。我真的很喜歡他們，而且和他的姊姊妹妹到現在都很要好，有這樣的姊妹也不錯，但我並非和那些人結婚，他姊姊更是已經在法國結婚了。沒辦法。無路可走了。但我就是下不了決心結束這種生活。眼前總是黯淡無光。

我沒有被沖昏頭，也無暇思考，不知怎的就在不知不覺中倏然脫離了那種人生的泥沼，就是那樣的結婚。雖然到現在還沒登記入籍，不管怎麼說孩子的出生就是一切。而且那孩子至今仍是全世界我最愛的人。太厲害了。

至於結婚，從目前還能持續看來，應該也是真的吧。

嬰兒這種生物擁有強大的能量足以抹去那一切的糾葛禍事罪惡污穢，可愛得可以永遠看著，是百看不厭的生物。而且讓人強烈意識到「當下」這個時間。

我完全沒有產後憂鬱症。反而是稍後，不得不讓外人進入家中的那段時期比較痛苦。

嬰兒整天只是睡覺，所以幸福地看著就好。出門時帶著就好。肚子餓時給他餵奶就好。多麼輕鬆啊！我覺得這才是人生。沒有各種勾心鬥角，生與死也非常單純。我從未在人生體驗過那麼合理的運作系統。總之只要把嬰兒黏在身上就行了。特地交給別人照顧，或是為了沖泡牛奶消毒奶瓶等等，這些就各種角度簡而言之幾乎都是賣方的經濟問題。人類為了金錢放棄了合理的運作系統。

在這種情況下，開頭提到的我人生最後一隻大型犬死了。我傷心得自己都不敢相信。大型犬已經具有和人類相同的尺碼感和存在感。很愛撒嬌，個性溫柔貼心，陪我一起撫養嬰兒和小貓崽。

在那個屋子度過的十年多，我和二個男人分手，和一個男人生了孩子。失去二隻狗。經歷了如此巨大的變化。

和附近的燒肉店混得很熟，帶嬰兒去店裡時，為了我的產後健康，老闆還替我煮了海帶芽鱈魚湯。

房東為我調製烤肉醬，上門來看嬰兒，新年送我院子的紅果金粟蘭，夏天給我一大堆紫蘇葉。離開那裡很久之後，每次買紫蘇和紅果金粟蘭時，還是有不可思議之感。彷彿還能聽見房東的聲音說：長得太多了，所以妳隨便摘都行喔。房東慶祝我生產送的樹，如今已變成大樹，還在現在這個家的院子裡。

一切，都消失了。不過，這裡也留下一些碎片。

等我消失時，那個場所，肯定也會被刻畫在宇宙的某處。

不過話說回來，的確如江原先生所言，那棟公寓附近總是充斥憤怒的聲音。首先房東一家人的吵架就很誇張。乒哩乓啷的聲音伴隨怒吼此起彼落。還有隔壁公寓的人吵架也聲勢驚人。有好幾戶人家的夫妻吵架聲我家都聽得一清二楚。也經常鬧到報警。

不過世界總是運作得很巧妙，彷彿要中和那些怒吼，對面高知公司員工宿舍的人，把窗子敞開，窗簾也拉開，毫不在乎地悠哉過日子。

有的房間在彈鋼琴，有的房間正一家團圓吃晚餐，有的已經關燈就寢……。總之各種情景都看得清清楚楚，從我工作的房間看過去簡直像《模擬城市》這個電玩遊戲。而且每個月都有一個星期天會理所當然地大批人馬（八成是各家派代表出來）和樂融融給小院子拔草。一邊還在聊天，非常悠哉。那種氣氛會讓人覺得，只有這裡不是東京，高知縣這地方真好。

剛搬家的頭五年，樓上住著身為樂團主唱的松本敦一家。這家人的感情很好。在這個房子，那位美貌又豪爽的松本太太和我在同一時期生了二個寶寶。那段期間，三個小娃娃鬧得雞飛狗跳但彼此都不在乎，是很幸福的建築。

每次洗澡，就會清楚聽見松本敦在浴室唱歌。感覺賺到了。他練習三絃琴的時候，那美妙的音色籠罩整棟公寓。那棟房子除了房東，只住了二家人，所以才能那樣寬容自在吧。

小澤健二來我家玩時，松本敦有時也會從樓上下來，讓那晚變得非常豪華。也曾有某晚櫻桃子來攝影和我家的狗玩了很久。總之就是那樣的時代。大家都很年輕，氣勢如虹，前途無限。

房東奶奶和她的朋友，曾經一起報警保護了一個在公寓前面徘徊的失智老太太。趕來的警察說：「噢，這位老太太，住在那邊的公寓。」那是專門收留生活保護者和獨居老人，產權在區公所名下的公寓。

那位老太太反覆強調：「我想回家，我兒子在。我兒子生病了，應該正在家裡等我。可是我家好像不在這附近。」

如果有兒子，老太太就不會住進區立公寓，應該住進安養院才對。說不定她兒子已經不在人世。這麼一想，就萬分感傷。

老太太被警察帶走後，房東奶奶不勝唏噓說：

「我會不會哪天也變成那樣。」

我不知該怎麼回答，只好說：

「房東奶奶雖然比那個老太太年長，可是神智清楚，身體也很硬朗，又有一大堆家人圍繞，所以肯定沒問題啦。」

我，以及來找我吃午餐的朋友，和房東奶奶站在路邊如此對話的那個下午令我難忘。

房東奶奶和女兒一起拿著鋸子，拆解巨大得匪夷所思的書櫃說要當成一般垃圾一點一點扔掉，極有毅力。有傳統氣質的房東奶奶，每當做工程的人來了，還會用托盤盛著陶瓷咖啡杯組，顫巍巍地捧著非常沉重的托盤送咖啡招待大家。

不知房東奶奶是怎麼度過人生最後一刻。我祈求她已安詳離世或者將來能夠安詳離世。雖說如果她還活著已經快一百歲了。

小孩出生，失去愛犬的我，已經疲於周遭整天有人吵架，不管去哪都得越過環七道路，穿越二四六號公路的生活。某個午後我忍不住想，還是搬到房子更小巧車子更少的地方比較好吧，不過真不想離開這裡。

我出門回來，寶寶在睡覺，家中已無大型犬。安靜與寂寥籠罩我。我要一直在這裡養育寶寶？抑或要再次開始不同的新事物？今後我要怎樣活下去？感覺好像失去了什麼。不是因為生了孩子。早在那之前，一點一滴，有某種東西被削減，逐漸失去。那是什麼？

我如是想。

那間屋子，不知怎的每到傍晚就會籠罩在特殊的絕望中。荒蕪、憤怒、痛苦。那些感情如潮水高漲。我常在想，江原先生當初說的，肯定就是這個吧。或許是這種感覺累積令大家憤怒？

過了晚間七點後，空氣忽然一輕，舒適宜人的夜晚來臨，可是如果開窗總有川流不息的車聲轟隆傳來。

某個傍晚。

就在數天前，我在懷念的惠比壽ATRE商場內的書店（現在還在，當時丈夫工作的地點就在那旁邊，因此我總是帶著寶寶相約在那裡會合。是充滿甜蜜回憶的場所），一如往常地隨意瀏覽書籍，結果發現了剛出版的菊地成孔先生的名作《西班牙的宇宙食》。那本書好像很有趣，可是我現在拎著大包小包還帶著嬰兒（當時還沒有電子書），我心想，下次再買吧。就此離開。可是還是對封面耿耿於懷，於是又走回去。

結果書買回來過了幾天後，為了排遣寂寥，我開始閱讀之前因為沒時間始終無暇閱讀的成孔先生的大作。

狗死了當然很傷心很難過很空虛。

狗死掉的三天後我就去羅馬出差。因為通宵照顧病狗和帶小孩已經累得七葷八素，我在飛機上開始發燒，承蒙當時擔任空服員的在本彌生小姐照顧，也是一段美好回憶。下了飛機直接坐輪椅去醫務室，打了強力點滴總算康復。當時照顧我的醫生隔天來聽我演講，也令我難以忘懷。夢幻的羅馬工作和之後在薩托尼雅泡溫泉的日子結束後，回到日本的我因為時差沒調過來已經完全恍神了。

閉上眼就會想起最後那一晚狗痛得不停嗚咽，每次我都拉著牠的手，摩挲牠的背部。只要拉著手摩挲背部，狗就會停止嗚咽，叫人好心疼。

是的，除此之外，我不清楚自己究竟是對什麼疲倦。是因為要餵奶，所以無法每天出去喝酒嗎？是媽媽手冊、打疫苗、明明才剛出生就有托兒所之類好像很複雜的事情在等著嗎？是因為剪短頭髮被人說「像個媽媽了」？我的人生少了什麼。慘痛訣別後的怒濤歲月中，某種東西從我身上喪失。如果用言詞形容，或許類似選擇不過普通人生的勇氣。

當初是因為可以養大型狗才搬去那裡，如今大狗已經不在了，也沒理由留在那裡了。是我已經隱約預感到要前往不同的世界嗎？

眼前的窗子可以看見到我家這棟建築後面牆壁為止的私人小路。我把書放在眼前開始閱讀，偶爾會不經意看一眼那邊。

因為有從未見過的人們走來，屋裡的人在怒吼。又是怒吼聲？我暗忖著停止看書抬眼一看，轉眼之間房子已被貼上膠帶。是查封。

哇——我心想，好像看到不該看的東西。

於是我繼續看書。一方面也是想逃離窗外的景色，因此專注力加倍，我被深深引入書本的世界。夕陽西沉屋內漸暗，我開燈後又繼續看書。寶寶醒了就餵奶，然後繼續看書。

那本書中可以看見我的過去、現在，與未來。

成孔先生一直注視的方向，和我失去的東西完全一致。我必須把那個找回來，我如是想。頓時湧現力量。

我真正找回人生是在那之後又過了一段時間，心情改變的我用很龐克的方式養小孩，那成了人生最美好的時光。

因為就在那一刻，那些文章確實讓我覺醒，搖晃我的肩膀。

那一瞬間，世界恢復色彩。

那是我的靈魂起死回生的瞬間。從那之後，我一直在聽成孔先生的音樂和文章，還有廣播節目。每次接觸他的世界我總會想起。想起某種重要的東西，絕對不能失去的東西。

（ほぼ自伝）

—— 特別收錄 ——

再也不能去的場所

二度と行けない場所たちへ

和坂爪圭吾先生吃飯時，我嘮嘮叨叨地感嘆朋友死了，他告訴我鮎川誠先生過世時HIROTO[×]說了一句名言：「不在了沒什麼大不了，存在過才厲害。」

我心想，的確如此。不愧是流浪的旅人，言詞生動。

我在文字的世界雖能使用生動如有魔法的語言，但在生活中是否已全力以赴略有疑問，不過或也因此更證明文字之強大，所以只能承認沒辦法，同時也想繼續稍微努力一下。

隨著年齡增長，再也不能去的場所越來越多。

收掉的店，那些離開的人住過的房子和大城小巷。那簡直太多了，光是走在東京就有一大堆亡魂。包括建築物的魂，彼時那個自己的魂。

就連有點恍惚地走在下北澤，都可在街頭每個角落看見自己和小小孩手牽手的幻影。

從家裡慢慢走到「月雅」茶店，喝著茶散漫無聊的我們。那樣的日子明明一再重複，卻已永不復返。

不過，沒錯。那存在過，所以才厲害。

就算因為某些小小的起因與人斷絕關係，想著「只是緣份盡了」就能乾脆地過去，有或沒有都沒有太大差別。

× HIROTO：本名甲本浩人，音樂人。

那種關係我已不需要。

現在只想耗費時間好好建立關係，互相傾訴誠實的想法。

只要活著就有各種時刻，所以想必也有關係不好時、意見不合時、忙得關係疏遠時。但是沒有因此動輒吵架絕交，放開心懷不去計較，同時還想抱著相同的心情再相逢。相逢幾次後關係自然又會漸漸拉近。能夠做到那點是因為信任根本的人性。

我想永遠認真對待，想再相逢。想一直重新相逢。

分開後隨著時間過去，逐漸疏遠就能解決的那種關係不重要。

關係一旦變得親近，分開時自然會難過。但，不難過的分離有何意義？

我和住在夏威夷的朋友永別了。

我很少與人在活著時永別。真的，只有在信任打從心底被破壞讓我生氣時。彼此因為繼承問題在價值觀發生嚴重衝突，演變至無法收拾，所以沒辦法。

其實以前關係好時，我們也只靠一點維繫。那就是「好寂寞，所以需要好友，而且最好在一起很開心」。

現在想想，她應該是太孤獨，所以在我面前展現最好的一面，而且想必希望自己能永遠扮演那理想的一面。我覺得，那很慘。崩壞的苗頭想必早已遍地皆是，或許彼此只是一直假裝看不見。

迄今偶爾仍會在天氣好的日子想，啊——好想去歐胡島（她已不在那裡）她那有點破舊的房子，看著青山綠水懶洋洋聊天。而且很想一到傍晚就去吃晚餐，早早就寢，一大早集合。只聊愉快的話題，只想正面積極的事，過著夢幻般的一天又一天。

那些一如既往的從前，再也做不到。

雖仍期盼對方幸福，卻無法再回頭。

若是昔日那個總是煩惱多多、搞不清狀況，還有點缺錢時的她，我想再見一次，想相視而笑。那樣的話許多事情就能心無芥蒂了。

我頭一次發現失去原來如此悲傷，但我明白儘管如此無論那是否虛假都是最美好的一段時光。我不想玷污它，所以不打算重來。

碰上什麼紀念日，或者有誰過世時，心情有點鬱悶時，大概有十五年之久吧，我們全家總是會去一間店。

或者當主廚傳訊息來「今天有螃蟹喔」、「今天買到了什麼什麼食材喔」，就會覺得「差不多該去了吧」於是全家齊聚那間店。

那間店的主廚和侍酒師以完美的合作提供的服務宛如奇蹟，就像熟識的大叔家書房。

那個有點破舊的空間，不知為何卻能端出技藝超絕的菜色。明明是西班牙餐廳，偶爾卻可以點一道日式雞湯火鍋和韓式排骨馬鈴薯湯的套餐。

「比起做西班牙菜麻煩多了！因為這個要連煮二天。」主廚把雞湯倒進鍋中說。要挑選搭配那些菜的葡萄酒也辛苦侍酒師了。

那裡讓我發現個人的力量，是夢幻般的店。

主廚每次都在侍酒師面前耍威風，可是侍酒師一旦生病住院，主廚不安地整天擔心她，堅強地努力工作，說他「必須一個人好好加油，撐到她能夠回來！」。當時我心想一定很辛苦，所以為了鼓勵主廚也頻繁露臉。

最後我們變成朋友，主廚甚至會從我們的桌子偷吃開胃小菜，氣得侍酒師說：「天啊！你在幹什麼！」從我家小孩坐嬰兒車時，他們眼看著他變成小學生，長大成人。每次聊起回憶，還會說我兒子又長高了，二人一起合照。

那樣的他後來病倒，離開人世。

如果可以，真希望現在立刻小心翼翼走下那破舊的階梯。鑽過堆滿洋蔥的籃子，一開門，他倆今晚想必也在笑。那些餐具和玻璃杯和吃螃蟹用的剪刀，最主要的是那美味料理的風味，身體全部都記得。侍酒師穿著她母親做的圓點裙繫圍裙。主廚站起來一副幹勁十足的架勢，唱歌般樂陶陶地將大塊生火腿切片端給我們。巨大的牛標本（據說是鬥牛）在一旁默默注視。

每年生日快到時都會互相慶祝，我當時深信今年也是如此。最後在病房握手時，他雖然說「沒事，沒事」，但我心想，根本不是沒事嘛。可是，後來睡著還在甩平底鍋的他，肯定直到最後都在想「芭娜娜來了，我可得好好做菜」。

新冠疫情期間，歇業最簡單也最安全，但是他說廚師就是想做菜，否則感覺不到自己活著。

他一度出院回來，重新開業了一陣子。據說主治醫生都說他能活著是不可思議的狀態。想來，他果然直到最後的最後都想做菜吧。

（ほぼ自伝）

我想，對喔，那或許果真沒事。

因為他什麼也沒失去就走了，因為他給我上了一課，因為他仍留在我心中。

我也抱著寫作者不寫文章就感覺不到活著的想法活下去吧。

這種時候總是聽我傾訴的，是本書一開始寫的住在甲州街道旁的朋友。當我疲於煩惱搖搖欲墜時，她總是含笑替我想出難以置信的解決方法。

至今我仍想見到那笑顏。

可是，近年搬到甲州街道附近的男性朋友對我說，

「多來我家玩幾次，覆蓋掉甲州街道的回憶吧！」

我想那就是我的「現在」。儘管如此悲傷還是現在好。因為這就是我走過的人生路。

加上男性朋友的女友和我家助手，我們四人一起去車站前喝酒，送我到車站的途中，他喝醉了，對女友說我的頭髮：「真好，那種自然捲真的很酷！」他女友笑著說，「真的欸」。二人還一起對著我的助手背影說：「阿一真是好人！」，一直笑嘻嘻地目送我離開。

曾經悲傷的甲州街道沿線的世界被嶄新的、從前不知道的幸福籠罩。

是的，後來我也是這樣活過來的，並且累積一天又一天。

當我離開這世界時，肯定已累積到連拿都拿不完吧。

（ほぼ自伝）

城市浸透大家的味道。

各種人的各種想法在所到之處如殘影那樣留下。被光，被雨，被風一點一點平均。城市因此擁有深奧洗練的韻味。

那個我曾用潮濕又清爽的目光凝視初戀對象閃亮身影的校園想必也將永恆不滅。

就算人人都會老去再也無法變回小孩，當日我可愛的情愫，也和當時大家的生活氣息一起以各種形式留在城市街頭。今年，在老家當地舉辦同學會，大家一起走到當時的那個車站，感覺很不可思議。他說，「以前一直想走到千駄木的車站呢。」我心想，他果然是好孩子。然後就和老朋友們一起上了電車。

如果事後會有那樣的瞬間，活著就有價值。

活著的時候就暢快地活吧。創造更多新的回憶。要活得直到死亡那天都不覺得想死。會想：咦？到此結束了嗎？還想再繼續玩呢。

本書於二〇二二年六月發行單行本《我與城市（半自傳）》，於二〇二五春天文庫版新增本篇。

時報文化出版公司成立於一九七五年，
並於一九九九年股票上櫃公開發行，於二〇〇八年脫離中時集團非屬旺中，
以「尊重智慧與創意的文化事業」為信念。

藍小說 856

我與城市（吉本芭娜娜的半自傳）

私と街たち（ほぼ自伝）

作者：吉本芭娜娜
譯者：劉子倩
編輯：黃煜智
校對：魏秋綢
行銷企劃：林昱豪
封面設計：陳恩安
副總編輯：羅珊珊
總編輯：胡金倫
董事長：趙政岷

出版者：時報文化出版企業股份有限公司／108019 台北市和平西路三段 240 號 1-7 樓｜發行專線：02-2306-6842｜讀者服務專線：0800-231-705；02-2304-7103｜讀者服務傳真：02-2304-6858｜郵撥：1934-4724 時報文化出版公司／信箱：10899 台北華江橋郵局第 99 信箱｜時報悅讀網：www.readingtimes.com.tw｜電子郵箱：ctliving@readingtimes.com.tw｜法律顧問：理律法律事務所／陳長文律師、李念祖律師｜印刷：勁達印刷有限公司｜初版一刷：2025 年 8 月 29 日｜初版二刷：2025 年 9 月 16 日｜定價：新台幣 360 元

我與城市（吉本芭娜娜的半自傳）／吉本芭娜娜著；劉子倩譯 . -- 初版 . -- 臺北市：時報文化出版企業股份有限公司，2025.08｜224 面；13×19 公分｜譯自：私と街たち（ほぼ自伝）｜ISBN 978-626-419-668-0（平裝）｜861.67｜114009305

ISBN 978-626-419-668-0
Printed in Taiwan